吟夢心語

文／徐明明　圖／徐跋騁

卷首語

　　這個世界有一種感情，一種言說，使心靈走不到盡頭。由此人們渴望真實，而真實一定要在生活中，在記憶新鮮時，在沒有因距離時間的變形變味前，立刻記錄下來。

　　我從少小離家到外省求學，從課堂到回宿舍的路上，從放假後到返回家鄉的車站，總有一種穿越時空的感覺。出走也預示著回歸，是一個人成長旅程上的路標。年輕人的激情與反抗是一面鏡子，映照出青春路上的勇氣和智慧。一個人開始對自己的權利和言行負責，開始對一些扭曲的力量說：「不」，並從另一個角度來觀照自己和生存其間的環境，思考未來生活的方向。

　　作為近30年來改革開放年代裏生長的年輕人，我過著一個沒有歷史的生活。對於這一段歷史，人們

可以寬容對待，但是絕不應該忘記。無論是繪畫或文字，都是一種記錄的方式，心靈的一個出口。當畫面跳躍在現實與過往之間，那濃淡不一的色彩交織成的光影，勾勒出一個荒誕而又憂傷的世界。在父親的文字和我的畫筆下，當人們駕車行駛在寬敞而又擁堵的街道上，天色是如此凝重。所有歡樂的，迷茫的，惆悵的，沉痛的，壓抑的情緒，都融入在我那富有域外風情的童話世界裏。

在我的生命記憶中，離家求學八年裏與父親的兩地書函以及他日常的思想筆記，始終是一個要不斷返回的路口，因為他啟示我在一個浮華的年代真誠說話和做人是多麼不易和重要。時下有些學人，談歷史和詩文時，其言喋喋不休，但一涉及現實的人和事，就鮮於識人，漏於記事，與現實的生活和鮮活的人生是遠離的。父親是注重耕行的人，他的書本見識與生活見識都是很高的。較之於象牙塔裡的柔弱書生，他周身洋溢的俠士氣、布衣氣把不諳俚俗的迂腐驅走了。父親一生沒有什麼驚人的壯舉，也沒有什麼浩然正氣

和慷慨之節，但他有最樸素的良善和最傳統的智慧，僅此就足以使他舉重若輕，歷盡艱辛而有尊嚴地活著。他長年都是在很平常的環境裏，做平常的事情，與平常的人交往，卻悟出許多不平常的事理。從歲月的滄桑裏，梳理出人世間的明暗；從瑣碎的細節之中，能折射出奇異的存在；從平淡的生活裏卻有精神的河在流淌、在轟鳴。在他的諸多隨筆中，有對個體生命的體驗，對社會轉型變遷的敏感，對小人物命運的關注。這些由感時傷世連綴起來的思想短片，配置以生動的視覺圖像，文遣興，畫傳情，圖文參照，流淌著厚實、內斂、自信的人文主義古典情懷。令人難以忘卻，也為我的繪畫創作提供了思考空間。

父親的這些體味，有的是從書本中來，有的是從自己身邊刻骨的記憶裏來，漸漸轉換成獨立的思考。但當想到許多人間的圖景不過是空幻一夢時，不禁悲思涓涓，流在自己的心扉裏。看他的文章，寫到人生的不測，以及無數可憐而善良者的劫運，思緒是極為沉重而傷感的。不知就惑，苦從心來。內心有悲憫，

在他來說是對生命的有限和美的無限的反差的凝視。
當讀到這樣的文字時，我感受到的正是他詩人式的情
懷：敏感、憂鬱、深切。從人生的細節裏，透視歷史
的宿命。父親對惡沒有激烈的反抗卻有持久的拒絕，
對善沒有悲壯的獻身卻有堅韌的執著，他為人類生存
的困境給出了自己特有的答案。沿著他的心路歷程，
也許我們可得到一把鑰匙，去打開有待探索的深囚於
各個密室裏的自我，讓生命看到了希望。

徐跂騁寫於杭州鳳山「知冰室」

二〇〇八年三月八日

詩畫人生的境界
——《吟夢心語》畫文集序言

　　繼《父子談藝錄》出版不久，徐明明、徐跋騁畫文合集《吟夢心語》又將問世。人們常說：詩畫同源，表明詩歌與繪畫出自同一淵源，有著天然的內在聯繫和緣分。其實，畫文結合，其淵源又何嘗不如出一轍。許多藝術大家無不畫文俱精，文遣興，畫傳情，圖文參照，相得益彰。籍此抒發情懷，使身心在一個更為高遠的境界中得到淨化、超然，實現物我兩美的怡然和諧。

　　畫是心靈之花，文為心靈之果。畫文融合，是最能激發想像空間的藝術表現形式。所謂詩情畫意，就是我們每個人從心底裏追求的美好情愫。懷著這樣一份美好的情愫，可以讓人們在畫文的視覺轉換中感

受到藝術對心靈的守護和慰籍。在這方面，徐跋騁那些夢幻似的彩色插圖，彷彿一幕幕呈現在眼前的電影鏡頭語言，在具象與寫意之間，通過畫面喚起了人們對美好生活的憧憬。那清新得如童話般的繪畫語言，經過構圖、色彩、意境等方面的精心營造，傳遞出屬於自己的詩畫境界：現實世界的精彩紛呈與心靈世界深沉靈動的曼妙，從而叩開了人們塵封已久的記憶之門，帶來了別樣的視覺印象和心靈感應。

「文章千古事，得失寸心知」。新版《吟夢心語》收錄了明明君近年的文學隨感，文藝札記以及對生活的藝術思考。累計三十多篇心靈隨筆和依此而創作的三十多幅油畫作品。這些作品不僅限於文人舞文弄墨之趣，而是有著深刻的思想承載和道義擔當的。尤其是明明君的文章，弘揚散文的清正之氣，始終沿著對人的大關懷大悲憐之途，追求蒼涼、雄渾的博大情感與境界。坦言說：文藝界當下普遍存在的浮躁、迷惘、疼痛和無力的感覺，正是由於價值判斷的混亂和缺失所致。因為藝術貴在情之所感、所悟、所繫，

貴在百折不撓的探索和獨立思考。「昨夜西風凋碧樹，獨上高樓，望盡天涯路」。藝術境界如此，人生境界亦當如此。藝術追求，耗人心血。能否抵擋外界日益物化的紛擾和誘惑，堅守藝術的純真之心和淡泊之態，這對於創作者的為人為藝都是一種考驗和磨煉。惟其如此，才能昇華情感，開啟智慧，激發靈感，不斷拓展和豐富自己的藝術人生境界。徐明明，徐跋騁父子倆深諳其道，他倆對個體生命的體驗，對世道人心的考量，對社會急劇轉型的敏感，對弱勢人群的關注；其畫文結合的評說，見性情，見人心，可謂別具一格，語語中的，頗有可觀可賞之處。尤其是讀明明君的文字，思慮深沉，悲天憫人的氣息撲面而來。這是一位兼具詩人慧眼的寫作者，他哲思深邃，道出了他人「心頭有，口中無」的真知灼見，且不時地流露出純樸的平民意識，書生襟懷。語言質樸，情感真切，雖短章小品卻是意蘊深遠的知性敘述。若胸中有塊壘，則筆下見性情，此為其文風，也為其人格寫照矣。

　　常言道：「打虎親兄弟，上陣父子兵」。老徐，這個曾經放懷江湖的思想獨行俠；小徐，那個正在探尋生命本真意義的青年藝術家。你看他爺倆：一個寶刀不老，一個初生牛犢，抖擻精神，策馬揚鞭，正以大道馳馬般的雄渾之風，馳騁在華廈天地之間。

　　　　　　　　　馬穎南寫於南京城西「吟夢居」

　　　　　　　　　二〇〇八年九月五日

自序

　　人，是萬物之靈，既神奇又微不足道，和大自然相比，充其量也不過是浩渺宇宙中某一時段一個極為無奈和微小的生物而已。因為無奈，所以短暫。由此，我們總是做著夢似的想把自己有限的生存期儘量向外擴展、延伸，就像一滴滄浪之水，儘量靠近浩瀚的海洋。而當我們垂垂老矣，回首一生之際，我們才清楚地意識到，生命中那些重要的時刻，珍貴的記憶，竟是那些與物質積累沒有什麼關係，卻是我們對親人、朋友之間的關愛，與我們作為個體與人類的關聯，與我們對生存其間的環境的關注和尊嚴息息相關。鑒於此，在這蘊涵著清澈的人生透視和感悟的《吟夢心語》裏，記錄了我關於人生與人心的一些零星思緒。人生易老，天地滄桑；人心不死，上下求索。整理成則，意欲和有此思索的朋友交流。

　　無可否認，我們在這個國家，這個城市與鄉村的狂熱發展中受益，也在這個時代的變遷中離亂迷失。今天，我們身處不可逆轉的現代化歷史進程和多元文化衝突的時代。體驗著惶恐與嚮往、激進與保守、希望與失望、理想與現實的巨大矛盾，反思在現代神話中形成的既定秩序的合理性，反思主流社會對異類排斥的狹隘性。我們能從人類文明史的最深處找到文化多元的源頭活水嗎？能在毀滅與新生，悲愴與歡欣中找到開啟生命意義的綠洲嗎？能在全球化的滔天巨浪裏用傳統文化的「和諧之夢」立定腳跟嗎？這既是我們以往的追求，也是我們今天的困惑。

　　我們行走在現代都市的喧囂裏，心往神追的卻是對生命「存在」和「意義」的不懈思考。在人類歷史空前大變動的今天，革命性的新技術迫使我們的時空意識發生了根本變化。人類的關係正在突破舊體制的束縛，自我觀念和對世界的感知都迥然不同的新的一代在茁壯成長，一種新的歷史觀正悄然成為全人類新的夢想。

根據這種新的歷史觀，在一個基於「生活質量」而非個人無限財富聚斂的可持續文明裏，以物質為基礎的現代發展觀即將得到修正。它所看重的並非是個人的物質積累，而是自我修養和精神的提升；並非是拓寬生存利益和空間，而是拓寬人類的同情和互助。把人性從物質主義的牢籠中解放出來，成為滋養新人類的人文源泉，從而關注更廣闊的人類福祉。

　　在已逝的歷史風煙中，偉人之所以能夠影響歷史的進程，乃是因為他們的背後有著廣泛的社會情緒。但在今天，不管以前的政治領袖的教導多麼寶貴，畢竟每一代人都不得不用自己的智慧來生活。追求自由，渴望創造是所有時代年輕人的共性。過去二十多年裏，中國發生所有重大事件中最重要的一件，就是一代新人長大了，他們眼睛裏完全沒有過去，只有未來。如果說西方啟蒙主義科學的基礎是重塑自然，以符合人類面貌，那麼東方的方式則是拋棄人類可以操縱環境的想法，而重在根據環境的需要調整自身。

二十一世紀中國的執政者如果要保持自己的生機和活力，那就必須在改變中國的同時也改變自己。

在西方，有位老資格的政治家曾經斷言，中國不可能成為一個世界強國，因為中國沒有足以影響世界的思想體系。在東方，有位知名學者也撰文指出：「如果中國的知識體系不能參與世界的知識體系的建構，而因此產生新的世界普遍知識體系，不能成為知識生產大國，那麼，即使有了巨大的經濟規模，即使是個物質生產大國，還將仍然是個小國。」由此可見，我們現在能夠用來思考各種事情的概念體系、話語體系和知識體系基本都是西方所定義的，而這些西方所定義的概念本身就存在著許多難點，不完全適合中國經驗。我們必須以中國方式為中國思考一個社會理念，一種生活理念，一套價值觀，而且還需要想像一種中國關於世界的理念。我們不可以僅僅滿足有中國特色的中國文化，更不能封閉於古代社會產生的傳統文化之內，而必須對它重新詮釋，尋求它在全球文化中所能做出的貢獻。如果這一切努力不具有世界

性，中國百餘年來的「強國夢」就只能是一種自我玩賞。

今天，文化多元主義的旗幟已插上人類馳向二十一世紀的船頭，它將穿越市場化的激流，義無反顧地抵達我們深情懷抱的心靈彼岸。

明明寫於南京城西「吟夢居」

二○○七年十月二日

徐明明 徐跋騁父子近影

目　錄

18

20

自畫像

　　生於乾坤開運，動盪激變的年代，飽嘗家道中落，衣食艱難之苦。童年課學於慈母之側，青年淪落於蠻荒之鄉，中年孜孜於「心史」研究，暮年淡泊名利於碌碌自怡之中。於是自信不尊三教，自立不懼邪惡，自強不拘小節構成了性格的主旋律。

　　遺傳基因裏有書香門第的家學遺風，更多的是激揚文字的書生意氣；精神氣質上有知識階層的多愁善感，更多的是赤子熱腸的憂患意識。人的戒備心理，往往與灑脫的性格產生情感衝突，引發理念上的矛盾。在辨別正人君子，世故小丑之際，常把許多人納入不可交往之列，甚至貶低這類人的處世取捨。這種愛恨分明，不崇寬恕，追求唯美的挑剔心態，在過往的歲月裏，失去不少舊友故交，同時結識了一些精神上認同的知己好友。自己並不完美，卻要求世人完

美，這種社會交往中的人格潔癖，直至耳順之年，始有覺悟。

　　人生路上並無驚人發現，偏偏去苦思冥想追求超凡的建樹。從潛意識裏擠出一星自信，安慰現實中的碰壁；在充滿兇險的命運索道上左支右絀，掩飾原本磊落的動機。一方面痛恨人性的墮落，剖析世風的醜陋，批判社會的不公，一邊卻姑息自己的自私卑劣。俠義與偏激，聰明與自負，正直與守舊，坦誠與敷衍，正義與狡詐，人性的光明與黑暗，在自己身上因不同環境不同對象有不同的呈現。總之，我的精神與人格是分裂的，外溫和而內剛烈，既向善又向惡，是一堆矛盾的集合體，是一個荒唐世界的變異。

　　幾經生死，多遭險厄。一生秉持重情義，重操守；不投機，不鑽營的做人處事準則。不求立功，不善立德，不信立言。入誤區從不後悔，闖禁區不覺恐懼。回眸前塵，悲欣交集；曠達物外，靜志違俗，神遊於人文精神境界，只求多些內在的充盈與安寧。

人生如詩，生命如歌，詩言志而歌言情。能把哲思融入幽默，自知沒有這類本領。不過幾十年風風雨雨的人生歷程：舉凡個人之進退得失，國家之安危起落，民生之艱難困頓，血淚交迸，歷歷在目。其間有憧憬、有彷徨、有感動、有抵抗，有我和自己心靈的對話。說句不太乏味的俏皮話，繪製一幅人生寫照的自畫像，或許比日後追悼會上宣讀的生平履歷，對旁觀者來說，更有人情味。

　　　　　　　　　徐明明寫於南京城西「吟夢居」

　　　　　　　　　　二〇〇七年十月二十四日

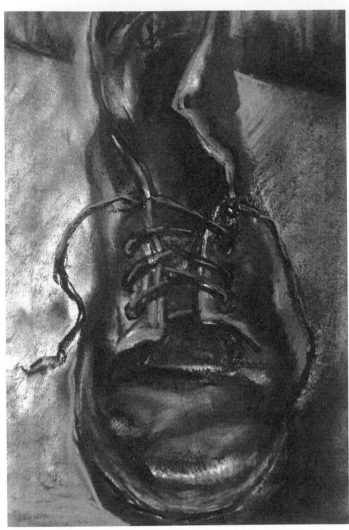

自畫像　素描

世風頹敗涼人心

　　我相信人心中會有些東西，只在極偶然的情況下驚鴻一現，就像幽暗深淵裏稍縱即逝的光影，比潛意識潛得更深，比幽暗更幽暗。它們跟一個人的經驗、理智無關，但卻更接近一個人靈魂的真實圖景。這是因為命運向每個人的挑戰方式雖然不同，但接受命運的挑戰似乎是每個人的宿命。

　　外面世界的資訊每一天都以最大的密度向我湧來，我只得憑藉多年的書本經驗、生活體驗營建起來的價值觀以及對於人的認識，被動地接受真實世界的洗禮和衝擊。我身不由已地看到在繁華都市中空洞的熱烈和平淡中的深情；看到人群中最溫情的笑容轉瞬之間便滑落成冷漠的譏笑；看到「愛情商人」以及「感情收藏家」的聰明經營；看到了失敗者保留的尊

嚴和成功者內心的淒涼……哎！感謝生活不斷地給我機會去流覽我身處其中的世界。

有時候，喧鬧的人流與交往使我感到應酬的虛偽和心力的緊張倦累，繁多的瑣事使我感到生命的虛空。以前朋友間彼此的疏遠或背叛已使我不足為怪，但看到美好珍貴的情義也一樣在功利面前孱弱得不堪一擊的時候，仍不免感到心在隱隱作痛。

翻開我的私人電話簿，上面密密匝匝的都是一張張臉孔，每一張臉孔都是一段回憶、一種情感、一頁歷史。我的目光在那上邊躊躇地一一掠過去，由於各種因素，目光遊移著沒有哪個號碼使我感到可以停下來傾訴。此刻我才發現電話簿多麼像那空蕩蕩的天空……

噫！……世風人心，頹至於此，令人心生悲意。儘管如此，我仍然感謝生活不斷地向我馨其所有，歲月給了我另外一種內在的充盈與安寧，我也慢慢地學會了安於這一切。

二○○七年六月二十八日

世風頹涼敗人心　布面油畫

28

生活是一種選擇

　　生活是一種選擇，選擇了什麼自己就去承擔什麼。吃粗茶淡飯，寫春秋文章。自由寫作是我感受世界和表達自己的方式。一個人靜靜地把心裏的思緒編織成一行一行或長或短的文字，守著寂寞，獨自緩步踽踽潛行。用文字暗示：在這個日益繁華喧囂的世界裏，人們正在遺忘和丟失一些精神層面的東西，而這些被忽略和丟失的又恰是一個文明社會所必需的。

　　有一句唐詩：「草木本無心，不求美人折。」這句話說得透徹，所以清氣四溢。守住本心，安於無用，安於捨棄，就保全了本色，保全了天然。這使我想起蘇東坡〈沁園春〉中有這樣絕妙的詞句：「用捨由時，行藏在我，袖手何妨閒處看」。就是用那麼灑脫的目光來看待春榮秋謝、花開花落的自由生存狀態。由此可見所謂的理想目標往往是

供人遙望而不是真正抵達的，寫作如此，人生也是如此。保存在這裏的每一行文字，只是證明我們：「不曾遇見曾夢見。」

現實層面問題的解決，並不代表人類生存境遇難題的消解。人類窮盡生活的全相，而且要沉潛下去，沿著那條狹小的精神路徑一直走下去，直抵心靈深淵。把一切偽裝的生存飾物都揭開，看看人心究竟要些什麼？人們的精神究竟在哪裡才能安居下來？唯有這樣的文字，才是尋找靈魂的文字，才是值得人們為之垂淚的文字。至此，我籲請每一個有良知的學者要強化自己在精神追問上的力度，去探問人的存在之謎：「不在於他現在是什麼，而在於他能夠成為什麼。」

世事滄桑，歲月磨礪，此時此地的我已不是在自己的小我中生活，我已成為周圍事物的一部分。一些美好的瞬間，化成刻骨銘心的永恆，長留在我的生命記憶中。登山則情滿於山，觀湖於意溢於湖，處人則心愛於人。竭盡心力去感受一種「天人合一」的徹悟

和境界。唯有此境界，方能將慘澹的人生迸發出絢麗
的色彩。

二○○七年八月三十日

生活是一種選擇　布面油畫

不做無憂夢中人

　　所謂一個人高尚的人品學識修養，即經過人文主義傳統的薰陶，其個人的文化積澱已內化成優雅的精神氣質，開闊的心靈視野，獨立的人格魅力。他把自由、寬容、平等、正義等理念存於內心並體現於日常的待人接物時，常會以與眾不同的氣度，使每一個與他交流的人受到感動，從而激發其心靈深處最美好的一面。

　　對生命的尊重，對人道的堅持，這是我的基本價值認同。並從這種尊重和堅持中衍生出其他的價值觀：如獨立之精神，自由之思想。如對貧富懸殊的不接受，對暴力恐懼的不容忍。再如對人權的維護，對庶民的體恤，對異議的寬容，對謊言的鄙視……一個生活在社會歷史中的人，在正義和邪惡的面前，面對的不僅僅是自己的職業和角色，而是道義和良知的堅持。

　　個人的命運，是必然受社會大環境影響的，而我們常常渾然不覺。至於個人的作用到底有多大，歷史自有其運行的規律和節奏。這歷史感，讓人謙卑讓人安詳。這謙卑是平常心下的鞠躬盡瘁，這安詳是憂患發憤之上的悠然自在。但我相信：這樣的人生際遇會有月白風清的歡愉之情，春華秋實的感恩之意。

　　改良也罷，革命也罷，都是統治者與被統治者之間的互動。如果統治者的權力沒有受到限制，被統治者的權利沒有得到保障，那都不是成功的改良和革命。只有一種以新的自由的建立，而不是以專制告終的革命，才是真正意義上的革命。在思考和面對這個古老但仍然具有挑戰性的話題時，我寧做痛苦的清醒者，不做無憂的夢中人。

　　不以物喜，不以己悲，靜坐書齋，內揣憤慨，這是我能想見的一個知識份子的風骨。對一個知識份子而言，不說出來的思考就是放棄思考，不說出來的悲憫就是不悲憫，不說出來的批評就是順從。在當今這個大時代，該憤怒的人如果不憤怒，不該憤怒的人就

搶著憤怒，該自豪的人不自豪，不該自豪的人就趾高
氣揚盛氣凌人。能言說的人老是不動口，不能言說的
人就會動手。

二〇〇七年九月四日

不作無憂夢中人　布面油畫

與人交往的意義

　　與人交往在生活中具有很大的意義，因為和人打交道是一個人經驗認識的重要途徑。我一生都在努力交往，但對我來說，與人交往是很困難的事，這可能是我性格中的弱點之一。在交往中有時我是很窘迫的，是孤零零的人。但是我並不想停留於自我封閉狀態，並不願永遠為交往而發愁。二千零三年我舉家遷居南京後，通過很早就熟悉的學勤兄和建明君，我和許多人有了聯繫。但實際上從深處說我不屬於任何社交圈子，除了自己的閱讀與思考外，我不為別的什麼利益目標而工作。我的內心深處一直有與眾不同的東西在折磨著我。對當下諸多的社會問題，我也十分為其憂心。我有知識階層的「使命感」和「公民義務」感，不過在實質上，或在更深的意義上說，我是非社會的，社會的任何學派和團體都不承認我是他們的盟

友。我一生都是以精神為基礎，意圖超越現實生活的有限性和功利性的「個人理想主義者」。一方面，我經歷和體驗著這個時代的所有事件，祖國同胞的共同命運，如同體驗從我這裏發生的事件，體驗個人命運一樣。另一方面，我又痛苦地感受到世界的異己性、冷漠感以及無法和它融和在一起。當然，我生活中的很多事都不是自己單獨完成的，但是這些不能消解我形而上的孤獨感。我無法和人表述我生命中的悲劇因素，因此我很難體驗到幸福，也不能在沒有明天的那天看到希望。

二〇〇七年八月十日

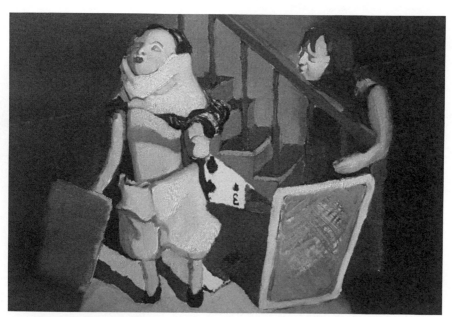

與人交往的意義　布面油畫

40

忍受孤獨難

　　窺破紅塵易，忍受孤獨難。正是在與人們的交往中，我感到了最大的孤獨。通常社會結構性問題會引起我強烈的感情，現在依然如此。同時所有的社會結構又都是與我異己和疏遠的。我一直像是從另一個世界來，並要到另一個世界去。在我的靈魂深處，一直沒有進入現實性之中。我經常為「我」與「非我」之間的不協調感到苦惱，為生命根本的不和諧性苦惱。由於我不露心境的隱秘性以及我的能力都有與我內在的東西不適合的外在形式，所以在大多數場合，關於對我的評判都不是恰如其分的，不論這些意見是好還是壞。更有意思的是，憂鬱和孤獨如形隨影地伴隨了我一生。不過，這和生命的不同時期有關，有時則達到非常強烈的程度，完全控制了我的身心。我在青少年時代的憂鬱比成年時要嚴重得多。這是由於過高目

標的非現實性和對這些目標能否實現沒有信心。後來
發展到憂鬱成了我固有的本性，甚至於每一次我在生
活的瞬間體驗憂鬱時，都看作是令人喜悅的事。雖然
瞬間喜悅和整體的生命痛苦存在著折磨人的反差，但
憂鬱中存有希望。憂鬱面向超驗的世界，它會產生浪
漫的抒情式意味：當神奇的月夜坐在美麗的花園裏
時，當春光明媚的日子走在空曠的原野時，當遇到心
靈聰慧儀態優雅的女性時，我都會情不自禁地憂鬱
起來。

二〇〇七年八月十二日

忍受孤獨難　布面油畫

44

快樂的自由人

　　有人說我是自由主義知識份子，而我則認為我是「自由的信徒」。我認為：「人們生活中的一切都應當能通過自由的理念，自由的檢驗，通過對誘惑的自由拒絕而完成。」從這一點來看，我的確是熱愛自由高於一切。我出自自由，自由是我的母親，是第一性的存在，世界的一切奧秘深藏於自由之中。實質上，當我努力堅持使自由完善並擴大自由時，我就是以全部生命書寫自由的思想。如對生命尊嚴、精神價值、寬容異己、文化多元的推崇，這是我的生活中最肯定和最有價值的部分。我一直認為自由是貴族式的，而非民主式的。在我自己的精神道路中，在自己生活經驗中我獲得許多內心認同的價值，但只有自由是永恆存在的，是第一位完善的思想，是我生命之先驗存在，因為強制的，脅迫的完善性是我不可能接受的。

與此同理，有自由才有真正的快樂，一個人的大聰明大智慧，說到底就是關於人生自由的學問，而不完全局限於一事一物。自由是要奮鬥的，快樂是需要智慧的。一面徹悟人生的實質，一面滿懷生命的熱情，兩者相結合才是健全的人生觀。因為快樂和上帝一樣，只存在於相信它的人心中，誠然苦難使人深刻，但如果生活中沒有快樂，其深刻極易走向冷酷。未經快樂滋潤的心靈太硬，它缺乏寬容和愛。如果說浮生若夢，何妨就當它是夢，盡興地夢它一場，樂它一回吧。事實上，我認為衡量一個人智力水平更切合實際的標準，就在於你是否每天真正自由快樂地生活。從這個意義上說，無論高低貴賤，每天都開心微笑的人才是最聰明的人。

二〇〇七年八月十九日

快樂的自由人　布面油畫

48

我把記憶弄丟了

　　我把記憶弄丟了，我給它立了個墓碑，卻不知道自己在悼念什麼。也許與埋葬相隨的詞總是哀悼吧，但這只是一些淡淡的憂傷和紀念。人生就是如此，得到一些，總要放棄一些。經歷一些，總要錯過一些。銘記一些，總要忘卻一些。因為愛也好，痛也好，終究在多次的實踐後明白，時間不僅會撫平傷痛，有時也會扭曲記憶。但不管怎樣，記憶累積了我們生命的土壤。因為有記憶，我們才學會表達感恩，學會對民族、對傳統、對歷史的敬仰，我們的生命才獲得了一種自由飛翔的感動。

　　生命和死亡是人生的兩個翅膀，只有對兩者都作過認真思考的人，才能獲得精神上的自由和飛翔。我的生命曾經死亡過（一次慘烈車禍），帶著我的記憶與神經，思想與情感，從這個世界到另一個世界，在

生死極限這個高度被一股神秘的力量強行做了一次靈魂的拷問和檢索。這就使得現在的我，在看待一些人和事時，冥冥之中，就多了一隻無形的眼睛。環顧當今社會，俯察八方十色，拂開滾滾紅塵飛揚的物欲，紛爭的世態。潔身自愛，寬容待人，庸中錚錚，人中佼佼，使自己的靈魂獲得平靜和安寧。

　　在艱難裏平靜地生活，並活出生命的應有尊嚴來，這是一種對生命的敬畏，對風雨人生的呵護。它所折射出來的是我內心的曠達之情與赤子之心。在我看來，人所要面對的真正難題是，在荒誕的現實和無法把握的命運中追尋生命的意義。記得斯賓諾莎曾經說過：「人心不是靠武力征服的，而是靠愛和寬容大度征服。」所以面對艱難的生存境遇時，要讓自己活出人性中某些高貴的倫理光澤，賦於社會一種寬厚的體恤之情，關愛之心，這樣你周圍的一切將成為一個雖不華美卻異常溫暖的世界。

　　　　　　　　　　　　二〇〇七年九月二十日

我把記憶弄丟了　布面油畫

52

人生只是一個嚮往

　　人生只是一個嚮往，我們不能想像一個沒有嚮往的人生。嚮往必有對象，必具權力，必有要求。人生一般的要求，最普通而又最基本者，一為愛情，二為財富。追求逐步向前，權力逐步擴張，人生逐步充實。隨之而來者，是一種歡暢快樂之滿足。人生意義只在無盡止的追求過程中。

　　我們總是廉價地讚美「每一個成功的男人身後都有一個女人」。其實，每一個墮落的男人身後往往也有一個女人，試看當今那些利令智昏的官員腐敗份子。然而，男人與女人的「對半」關係似乎主要不在於此。無論成功與否，每一個男人，都不得不在事業和女人之間疲勞地周旋，常常是精疲力盡，不勝其煩。由此，我相信男人與女人的這種關係是命定的，即所謂「最親密的敵人」之間永無休止的戰爭。即使

那些夕陽黃昏相濡以沫的老夫老妻，焉知不是戰鬥終身，難以為繼的一盤和棋？

大智若愚，愚到極致卻一點不傻，其實那是澄明如水的天真。以天真無邪的心看世界、想問題、做事情，簡單而直接、自然而從容，你就很容易向世界敞開心扉，快樂和溫暖伸手可及。這樣，愚笨就變成了智慧：不是你找到快樂，而是讓快樂找上你。

今天，沒人或沒時間讀書已經成了生活中的常態，就別指望有更多的人來讀詩了。但這絲毫不影響詩歌的尊嚴，它本來就屬於陽春白雪，是廢墟之上的一抹綠意，是孤獨時心靈對心靈的尋找。人生如詩，詩言志而詞言情。詩歌裏有憧憬，有感動，有抵抗，有我和自己心靈對話的記錄。

愛是人性最初的也是最終的體現與呈顯的一種過程或形態。懂得愛、學會愛，並且用愛的眼眸與愛的心靈去欣賞和體識周圍的人和事，從而用一種感恩的心態來領受自己的生活。愛是人的一種情

感，她必將相伴著人的生，相伴著人的死，不荒不蕪，不棄不離，不熄不滅。

二〇〇七年九月二十五日

人生只是一個嚮往　布面油畫

文章千古寸心知

　　詩歌不僅是上帝的眼淚，而且是人類的良知。酷愛詩歌是我做人與從文的起始，從此我感受到上天的惠贈，他讓我愛上詩，也就為我打開了一扇永恆的窗，這扇窗便是愛。她召喚著我，讓我的心靈充溢著對真善美的感動並留下生命的韻律。無論在何種界域中，無論在哪一時空裏，只要意識在流動，靈魂在遊弋，生活在繼續，如果有美的存在，就會有愛的相伴，如果有善的光澤，就會有愛的吟唱。進入詩歌世界，就如進入大象無形，大美無言，大愛無邊的虛靜狀態，看世事無涯，聽萬籟有聲。

　　散文和隨筆是最具有個性化的文體，它們往往是作家、藝術家自身人格智慧的藝術體現。作者將自己對於生活的感受和領悟，變成筆下饒有趣味的文字，闡釋人生哲理，寓道理於談天說地之中。而讀者從這

些短小輕快的文字中，常常能夠比在那些大塊的學術文章和厚重的理論專著中更清晰、更直接地看到作者內心殿堂裏寂然端坐著的那個真性情，那個生命的本相，從而受到觸動和啟迪。

當今文藝學術界，文化上一眼望去不能說不繁榮。文苑翻新曲，思想蹈奇才，無論是名士風流，還是市民喜樂，皆有可圈可點之處。然而，人文精神在酷烈威權的廟堂政治與虛幻荒誕的文化消費中呈現種種敗相。代表社會正義和良知的知識菁英好說驚人之語，好以「作秀」代學問，好與媒體權力結秦晉。這就造成了二十年來，全球化背景下的經濟單飛，政改維艱。從而使近代以來中國所面臨的百年焦慮，至今沒有找到其寧靜澹定，從容久遠的「心學」奠基。

二〇〇七年九月二十八日

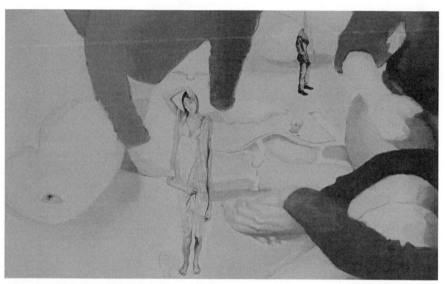

文章千古寸心知　布面油畫

60

醉眼入夢話春秋

　　生活太現實，靈魂會感到痛苦，這是我喜歡做夢的理由。夢與人生有不解之緣，夢是苦難者的安慰，奮鬥者的希冀。昨是今非，昨天的歡樂已成夢。心高氣傲，明日的輝煌尚是夢。但不必歎息人生如夢，因為夢也是人生的一種真實。體驗美夢。又幡然醒悟，這使我對生命有了新的感恩，夢是我活下去的某種動力。衷心祝願明天再做一個甜美酣暢的清新佳夢。

　　尼采把夢和醉看作兩種基本的藝術形態，除夢之外，酒與藝術也有不解之緣。中國文人中多愛酒之人，曹操「對酒當歌」，李白「斗酒詩百篇」，歐陽修則說：「醉翁之意不在酒，在乎山水之間也」。醉打破日常生活的藩籬，使人與山水相融合，與社會相融合。醉打破功利主義的束縛，使人回歸本性，回歸自然。然而，酒只是媒介，只要能達於陶醉狀態，許多藝術家往往無酒而自醉。

　　傷春悲秋，一年四季之中，春和秋最容易牽動人的心緒，被歷代文人吟詠得最多。這大約是因為，夏暑冬寒，物象比較單調，而春榮秋謝，物象卻呈現豐富的變化。春和秋又有不同。春雨霏霏，花訊匆匆，使人愁；秋風蕭瑟，落葉紛飛，使人悲。春是色，姹紫嫣紅，情意纏綿；秋是空，天高雲淡，胸懷落寞。春是詩人的季節，秋是哲人的季節。不過，中國多詩人，少哲人，所以吟秋詞仍是說愁的為多。

　　「無窮無盡是離愁」。傷別以後，重情重義之人就要忍受相思之苦了。苦在心中有許多生動的記憶，記憶愈生動，眼前的空缺就愈鮮明，人就愈被相思之苦所折磨。不過，相思不只是苦，苦中也有甜。心裏惦著一個人，並且知道那個人心裏也惦著自己，豈不善哉！人是應該有所牽掛的，情感的牽掛使我們與人生有了緊密的聯繫。那些自稱一無牽掛的人其實很可悲，他們活得輕飄而空虛。

二〇〇七年十月六日

醉眼入夢話春秋　布面油畫

64

社會進步的拐點

　　中國政府現在尚停留在黨治政府、吏治政府、人治政府的狀態，迄今為止，中國的經濟社會政治問題，尤其是腐敗、專制和不平等問題大多與此緊密關聯。政府改革的下一目標應是建立民治政府、法治政府、市場化服務政府。中國行政體制改革若再不與經濟體制改革相應配套進行，就有可能阻礙甚至斷送經濟體制改革的巨大成果，中國的改革就沒有希望。

　　考察中國社會走向現代化道路中的變遷軌跡，可以清晰地看到，由於自由經濟的衝擊，文化的多元，國門的洞開，使得人們的觀念價值系統正在發生著重構，社會的各種力量也在此消彼長中逐漸轉換自己的角色和作用。而主宰歷史進程的力量，只能是走在社會變遷的最前面，敏銳把握時代脈搏，並能引領歷史大潮方向的人物和群體。換言之，目前真正影響和主

導中國變革的力量，乃是那些菁英人物和實力階層。如細而化之，即是承續自由主義學說的知識份子，注重實證主義研究的專家學者，有政治訴求的民營企業家和黨政官員中的改革派。除此之外，盡為旁門枝節，不足與語。

現代西方官與商的關係十分密切，利益集團之間通過公開的利益博弈，最後以法的形式影響政府決策。政府職能通過契約獲得權力，通過憲法保護個人行為，通過法律規範市場，官商之間的關係是國家社會與市民社會的關係，兩者的活動嚴格限制在《憲法》與《民法》之中，這種公開的「官與商」、「商與民」的關係，人們稱之為「憲政」。

二○○七年十月十日

社會進步的拐點　布面油畫

68

由偏激走向理性

　　無論何時何地，無論是聖是人，不安的靈魂需要撫慰，迷失的靈魂需要指引，乾渴的靈魂需要滋潤，飄泊的靈魂需要家園。以我的內心體驗，靈魂的種種需要是真實的。

　　由偏激走向理性，由黑暗走向光明，由困頓走向豁達，由局隅一方走向通衢大道的是一條佈滿荊棘、坎坷和險象環生的道路。其間我在你身上看到了眼淚、詛咒、悲哀，更有苦役和絕望的深淵。儘管這條路漫無盡頭，但仍然吸引著為數不少的探險者去嘗試跋涉。在艱難曲折的探索和追尋中，只有那些始終堅守光明信念的人，才有可能擺脫一切偏見和束縛，採摘到生命之果，而這樣的人卻屈指可數，但我深信你是這樣的一個人：──在沒有勝利希望的地方開始奮鬥。

惟其荒謬，故而可信。假如你有了哪怕是芥粒大小的信仰，那麼你將無所不能。因為信仰超乎知識之上，它在知識的彼岸，所以請你不要譏笑，不要哭泣，不要詛咒，而要以寬廣的心胸去理解。因為只有當人看不到任何可能性時，人們才去信仰上帝。只有身心受過震顫，成為精神自由獨立思考的人，才能理解這一切都是可能的，也只有這樣的人，才能接近上帝、升入天堂。

別問老年人，要問過來人。偏執的人經不起長時間的內心焦慮，因此認為隨便什麼知識，甚至一些虛構荒謬的帝王權術、宮廷陰謀，都比無知好。因為信仰靠荒謬支撐，任何人對這個赤裸裸的論斷都不會感到驚訝。如果一個人把自己的全部希望寄託在荒謬上，那麼所有的真理都將成為無稽之談。

做一個無可挽回的不幸者是一件可恥的事。一個無可挽回的不幸者往往得不到塵世法則的庇護。他與社會之間的所有關係，都將被永遠打斷。假如你想要人們羨慕你的悲劇甚至你的恥辱的話，你不妨裝作你

為此而自豪。假如你有足夠的演技和招式，你就放心表演吧，你很快就會成為人們茶餘飯後譏笑的風雲人物。

一個已經沒指望徹底根除自身某種缺點或是把此缺點向自己和他人掩蓋起來的人，會試圖在這種缺點裏找到其特有的優點來的。假如他在這一點上得以說服他周圍的人，他就達到雙重目的，既擺脫了良知和道義的折磨，又成為一個獨特的怪人。

一個不可能從自身汲取力量和不可能在自身尋找問題癥結的人，將依賴於他周圍的環境，並把評判是非的鋒芒射向他人。真正堅定不移的應表現在依靠自身潛能，而不是他人。他應有力量保持清醒嚴肅的精神，保持健康的自我克制和理性的妥協，保持一種身經百煉的堅韌和舉重若輕的處事節奏。

二○○七年九月六日

由偏激走向理性　布面油畫

別偏離時代的主航道

　　為利益所誘，為情勢所逼，任何惡念或損人利己的行為都嘗試過，這並不是善惡的分界線，關鍵在於事過境遷，內心深處是否有良知的愧疚和懺悔。因為每一條通往成就的人生路上，都預設著艱辛與坎坷，風險與陷阱、正義與邪惡。如果你幸運地佩上勝利的花環，請不要忘記你的前輩和兄弟所付出的代價和犧牲，那裏面有他們的血淚和教訓。

　　誰偏離時代的主航道，誰就會落伍社會潮流而追悔人生。因為在透視一個人成功的心路歷程時，難以感同身受地體驗到別人的性格氣質，意識理念，往往會用機遇和運氣來概括，是許多人思維慵懶的表現。對這些成功前輩的最好告慰：是超越他們的建樹，不步他們錯誤的後塵，比他們更理性、更冷靜，更勇敢地面對人生困境。

　　誰扭曲了自己的自尊，誰就把靈魂賣給了別人。以虛假的同情憐憫來代替慷慨無私的資助，是偽君子們津津樂道的處世手段，用否定別人的表達來抬高自己的主張，往往是江湖騙子的慣用手法，用咒詛別人來顯示自己的不同凡響，恰恰是小爬蟲的下賤作風。

　　瞭解你思想人品、性格邏輯成長、發展、演變過程的人，都會對你今天的狀態感到痛心疾首。因為在很大程度上，你所有的功過是非並非完全是自身積累的呈現，而是由一些外部因素刺激催化的結果。許多事實證明：「二元」對立的狀況在一段時間內是合理的存在。但時間能夠改變一切，正如經驗告知我們：矛盾衝突所經歷的不同階段，預示「二元」對立的存在有了改變。對立的立場已經向著融和或交流的方向延伸。這說明，不同觀點之間的衝突是有前提的，如果前提改變，那麼其中內容和形式也將隨之而改變。但請記住：在改變的過程中，只有寬容於別人，才能指望別人寬容於你。

二○○七年九月九日

別偏離時代的主航道　布面油畫

76

藝術應是源於心靈的表達

　　藝術應是源於心靈真誠的表達，並寄寓我們的希望和夢想，她可以承載深刻的思想，令心智得到啟迪；也可以表現為一種和諧，使人們安享單純和愉悅。

　　表情是心靈的符號，就個體而言，表情可傳達每個人內心的喜怒哀樂。大而化之，表情可以是一個族群、一個國家、一個時代的精神象徵。當表情被賦予某種精神指向時，它具有的普遍意義和價值就被張顯出來。

　　繪畫是畫家的自然選擇，是畫家激情澎湃時的個性流淌，也是感覺來臨時的隨性生發。從情感角度看，它沒有那麼複雜，應該率真、直接，不虛張、不矯飾。好的作品無論大小，繁簡，輕鬆抑或沉重，有感而發，情之所至才是至關重要的藝術品質，作品也因此才具有感人的力量。

　　老人總是令人感動的。肉體經一世風霜則必然走向衰老羸弱，心靈歷一生滄桑而終歸於蕭索淡泊，生活的進退榮辱總會給生命以重量。面對和關注他們，沉甸甸的關於生命的思索和喟歎油然而生。此命運與彼命運的殊途同歸好像是一種宿命，而個體的人生卻演繹了各自興衰榮辱、悲歡離合的生命華章。

　　真正偉大的藝術，是以某種具體的藝術媒介，對人類苦難或幸運所作的最富於個人特質的強大反應與深刻詮釋；即使這苦難抑或幸運牽涉到了生命的最神秘、最深隱、最恒久的部分，也仍然同人類當下的存在密切相關。

　　不應該把手製之美，簡單地看成是一種形式之美，因為手製的同時心底會流淌出作者的人格和精神之美。當藝術品所蘊涵的某種精神與欣賞者的情感相契合時，理解和觸動就產生了。手製之美在於她令人怦然心動的同時，卻不可用語言表達出來，正所謂只可意會，不可言傳。好的藝術作品都應該有妙不可言的意蘊在裏邊。

二〇〇七年十月二日

藝術應是緣於心靈的表達　布面油畫

80

為內心的愉悅而工作

　　做人要有志氣，但志氣的呈顯未必雷同。在艱難中創業，在萬馬齊喑時吶喊，在時代舞臺上叱吒風雲，這是一種追求。在淡泊中堅持，在天下沸沸揚揚時沈默，在名利場外自甘孤獨和寂寞，也是一種追求。追求未必總是顯示進取的姿態。

　　在一個「人情化」的中國，人際關係一旦建立起來，就會產生一種以「情」為中心的持久穩定的關係。有了這樣一層關係，很多事情辦起來就會心想事成。不過，有時「拉關係」，「敘交情」，並不是為了一種單純的友情。許多人整日忙忙碌碌，說到底不過是為了一個「人情」關係網的編織，去完成一個個「人情」和合的交易而已。

　　無論多麼精緻的藝術，如果沒有一個人的血脈和體溫去支撐與輔助，那充其量只會成為冰冷的概念，

僵化的技巧及至一件擺設。只有將藝術作為人生的信仰來膜拜與供奉，那他無論選擇音樂繪畫還是寫作，其精神尺度都與他這個人，為了完成對自己內心世界的呼喚和救贖息息相通。從而領受神奇的激情，命運的啟示、靈魂的洗禮，直到與生命的活力融為一體。

如果一個作家他是從揭開自己的秘密傷口開始寫作的話，不管他是否意識到，他都是對人性賦於最大的信任。他必定會成為一個為內心的愉悅而閱讀，一個聆聽自己心聲而抗拒他人嘈雜的人，一個和自己的作品對話並發展自己的思想以及自己的世界的人。從而在苦難重重、疑惑處處的迷津裏，沈鬱蒼涼的藝術審美終於成為人們信仰的源泉和寄託。

二○○七年十月十二日

為內心的愉悅而工作　布面油畫

84

弱者與思想者

　　捍衛自己的人格尊嚴和心靈自由是一門做人的藝術。在沒有上帝的世界裏，弱者的獨立與生存需要大智慧。說正義必定戰勝邪惡，那是一種鼓勵，一種自信。但是，這不應妨礙我們意識到，現實中不乏弱者消失在強勢欺壓之下的悲慘故事。我們處於與社會硬實力相差懸殊的弱勢群體之中。冷靜的思考和不屈的精神，才是一個弱者的生存智慧與遠見。

　　思想者具有實踐的品格。可以是社會實踐，也可以是思想實踐，即思想返回思想者自身。它不會停留在意識表層，它將沖決理性秩序而進入情感世界；正如暴雨為密雲所孕育，卻終於穿透雷鳴和閃電，重返大地，喚起被壓抑的生命、愛欲與激情，因而往往帶有烏托邦色彩。

對於傳統社會，任何新思想都帶有顛覆性質。所以，真正的思想者，就其本質來說都是異端。他們雖然借了文字符號的形式，頑強地顯示單個的存在，而思想者唯以孤獨顯示力量。

思想是危險的，無論對於社會，還是思想者本身。思想穿透個人而把許多貌似堅固的信念摧毀了。任何思想的誕生，必然伴隨著懷疑，困惑，感悟，瞻望的躁動與訣別的痛苦，並伴奏著舊日的輓歌。

民間社會是人類思想和良知的保存者，潛藏著克服權力罪惡的巨大的變革力量。對於思想者來說，民間立場就是社會底層的立場、民主的立場、人道主義的立場。

對於統治者來說，不可能產生新的思想。因為權力是絕對的，思想是相對的；權力是箝制守成的，思想是自由開放的，因而是富有生氣的。但思想一旦為統治者所佔有，必然會變得僵化和教條起來。

二〇〇七年十月十三日

弱者與思想者　布面油畫

88

文學與作家的使命

　　王小波有一句話我非常認同：「文學的使命就是阻止這個社會向無趣的方向轉化。」我認為文學的使命除了阻止整個社會變得無趣之外，還能阻止中國社會變得貪婪，變得冷漠，變得盲從，變得強暴，變得愚鈍。從宏觀的角度來看，我知道作家都是辛辛苦苦的人，在大自然面前無力逃脫不幸和災難的平凡人。但是，相對那些更弱小的生命，相對廣袤大地上的一草一木，相對那些平靜流淌著的河流，相對那些無家可歸衣食無著的窮人，我們舉手投足的瞬間可能決定著別的生命的生死存亡。不要認為上帝在別處，上帝就在我們每個人的心中。所以從這個角度來講，我感到作家有自由寫作的權利，但是沒有權力把自己所有的東西來向公眾宣洩，製造一些蒼白乏味的文字垃圾。如果你是一個擔當社會責任和道義的作家，光

有耐心和辛勞是不夠的。首先你要從紙醉金迷的人際
關係，低俗浮躁的日常瑣事中逃離出來，去專注地講
述並研究人類共同面臨的各種恐懼：被遺棄在世界邊
緣的恐懼、沒有生存安全感的恐懼、心智聰慧而碌碌
無為的恐懼，以及由這些恐懼而衍生的心靈自由，人
格尊嚴，人生信仰等危機和即將到來的通貨膨脹的擔
心。不論何時面對這些羞辱，煩惱和傷感，你都會以
敏感而真實的語言表達出來的時候，就知道你觸及了
我們每個人內心深處的黑暗，同時把自己內心最美
好，富有愛心的一面展示給世界，給整個社會奉獻精
神上的成果，我想這是文學也是作家的神聖使命。

二〇〇七年十月十七日

文學與作家的使命　攝影作品

92

擇友之道皆隨緣

凡能引為朋友的，我分為三類：

一、可生死相託，以命相許；二、能患難與共，不計榮辱；三、可推心置腹，智能互補。能當面指出你過失的人是畏友，在背後維護你利益的人是密友，介於二者之間的人是你的諍友。

感染別人的情感是你寬宏的氣度，消融朋友的誤解是你深刻的思想，害怕樹敵成不了強者，處處樹敵，絕不是強者。

對有德無才的人可以掏心；對有才缺德的人不能動情。知己是這樣一個概念：能各自赤裸裸地亮出隱秘，又能理解分歧，任何是非利害，不會留下誤會，不管聚首或分離，彼此心靈都會產生共振和感應。

擇友之道，一切隨緣。誰在這方面定下準則，得到的將是煩惱。因此，逆境中的朋友與順境中的對

手，都是生活賦予你的選擇，不必厚此薄彼，但須記住這一點：「靠利益結成的同盟，是最脆弱的組合。」

待人注重情義，共事講究誠信，廝守取於寬容，合作基於諒解。不能容忍別人的過失，自己本身就充滿過失，最後將不為他人所容而失去所有的朋友。

感情的債務，不管你怎樣還本付息，永遠解脫不了心靈上的負荷。能超脫這種感受的只有二種人：一是偉人，一是小丑。

在這個世界上，人與人之間的交往應先鞏固共識，再佈誠雙方的分歧，無疑會減少許多麻煩。因多數人的熱情是出於利益，所以不必去苛求遺忘你的人，而應記住思念你的人。

二〇〇七年九月九日

擇友之道皆隨緣　布面油畫

96

理智是人生的舵

　　人生多姿多彩的趣味感受都是在經歷中品味得來的。懶惰的人期望時光施予一些偏愛，勤奮的人在時光裏奪回屬於自己的那份獨特的感受和尊嚴。

　　人在不幸之際渴望幸福，很少在幸福之時思考到不幸。人生路上，不能明智地選擇方向，將永遠擺脫不了思想上的困惑和心態上的失衡。

　　孤寂是心靈的沉思，它使思想處於揚棄的過程，在沒有歸納應該保留或果斷決裂之前，由思維與心理組成一種透視人性的調節。因為歲月中挖掘出來的痛苦，很少能填補追悔的失落，與其把精力花在彷徨與痛苦之中，不如開拓降臨的機遇，或許能尋回失去的目標。

　　誤導我們判斷的失誤和思想的偏激，都是認識事物的錯覺造成的。克服的最好辦法是冷靜和審度，

即否定一切是瘋子，肯定一切是傻子，克制並不是軟弱，失去抗爭之心才是無能。

選擇：不僅僅是對一個人的經歷、智力和素養的測試，而且是對一個人的膽魄、道德、性格的考驗。社會思潮與他人的規勸替代不了一個人的自信或偏見。

命運：能把握住自己的性格，就掌握了自己的命運。

人格：與其說體現在思想與創造，不如說表現在獨立與堅持。

情操：體現在自由的思想，誠摯的情感，獨立的人格以及充滿風險的實踐中。

教訓：不是讓人追悔，而是催人奮發。

價值：在被別人遺棄或忽視的東西裏，懂得如何去挖掘它的價值和意義，則是一門高超的藝術和精神財富。

機遇：要獲得它的鍾情，必須具備它所認可的條件。

賭博：沒有輸的心理準備和氣度，試問，哪來搏

殺的膽識和勇氣呢。但拿畢生的資本去孤注一擲，不必驚奇，這是靈魂經不起某種欲望的擠壓而表現出脆弱的人性。

　　撒謊：是一個人喪失了膽識和良知，在事實面前，編製一套自圓其說的辯白詞。

　　　　　　　　　　　　二○○七年九月十日

理智是人生的舵　布面油畫

世界就是這樣離奇

　　世界就是這樣離奇：當九十九個人戴上面具，你不偽裝，就成了傻瓜。當九十九個人撕去偽裝，你戴上面具，便成了小丑。

　　墮落：它的特徵，是思想的庸化，性格的懶散，對生活缺乏信心而導致一系列的行為方式違背社會遊戲規則的病態心理所產生的越軌表演。

　　神秘：是無知在心理上誘發的一種好奇心。

　　不幸：最不幸的是，不懂得擺脫不幸並成天訴說不幸。

　　抱怨：無能的人藉此推卸自己責任的一種手段。

　　得失：成功是積極的說法，失敗是消極的解釋。

　　沒有生活的弓，決射不出思想的箭。奇蹟的出現離不開平凡的積累。萬物沒有冬天的沉思，那來春天的甦醒。人生價值，不在於建立多少欣慰的東西，而在於擺脫了多少困惑和障礙。

希望是一條充滿坎坷的崎嶇小道，絕望是站在懸崖上，既沒有勇氣回頭反思又無跳下去的膽量。逆境如果不能造就一個人的堅強意志，那麼苦難必然會泯滅一個人的良知。

人生可以偶然遊戲，但經不起盲目遊戲。冒失的行動、輕率的隨流，往往斷送了許多經過深思熟慮的方略。

用金錢來衡量交情，並指望別人的慷慨來擺脫困境的人，道義往往成為他陷人於不義的護身符。

最痛苦的是反對曾經幫助過自己的友人的錯誤，因為那樣做會被人認為忘恩負義。鑒於此種情義，使許多人在是非面前，忍受良知的譴責而選擇了沉默。

互助是一種可貴的友情，只要一方摻上市儈的灰塵，就變成了痛心的道義買賣。因為幫助如果作為別人感恩報答的投資，那是一種更卑鄙、更無人性的掠奪。

人生路上，始終有兩個朦朧的光圈在誤導我們，那就是對天堂的迷惑與地獄的恐懼，因為只有

真正面對死亡時，一個人的內心世界才會純淨得一
覽無遺。

　　成功的喜悅是建築在失敗的痛苦之上，誰忘乎所以
地嘲笑別人的失敗，他同時也在否定自己的成功之道。

　　　　　　　　　　　　　二〇〇七年九月十一日

世界就是這樣離奇　布面油畫

寬容是金　感恩知福

　　寬容是人際交往的藝術。它像一種調和劑，滋潤了人們彼此的關係，消除了彼此的隔閡，增進了彼此的友情，懂得寬容的人是美麗的。寬容還是一門修身養性的學問，它像一江春水，讓人們在溫情柔和中倍感親切，它將同情、關愛、理解，凝聚心扉，映照彼此。懂得寬容的人是高雅的，當人們因寬容而化解一段怨憂，贏得一份真情時，誰不會為此而心曠神怡；當人們因陷入誤會而忐忑不安時，突然獲得別人的諒解和鼓勵時，誰不會為此而感激涕零呢？寬容是金。

　　幸福的人善於忘記自己給予別人什麼，卻永遠記住別人對自己的幫助。生活是一面鏡子，你笑，它也笑；你哭，它也哭。你感恩生活，生活將賜予你陽光燦爛，一路繽紛；你只知一味怨天尤人，最終可能悲觀失望，一事無成。感恩是人生的哲學，生活的智

慧。懂得感恩的人能從淺處看出深意，從平凡悟出崇高。時時抱著一顆感恩的心，人就能知天樂命，生活便多了幾分恬淡，少了幾分艾怨。

前面說到寬容是金，感恩知福。而人與人之間的關愛更是一種責任、一種承諾，也是一種情感交流。因為愛與貧富貴賤無關，愛與成功失敗無關，愛與輝煌潦倒無關。愛是一種需要精心維護，持之以恆，不斷表達，習慣成自然的行動！王子或平民、公主或保姆、身無分文或腰纏萬貫的你，此時此刻，你對你的父母、妻子、兒女以及兄弟和朋友們，表達了你的關愛了嗎？

詩歌是人生的一盞燈，它照亮在昏暗中行走的人們，有一個高於生活的浪漫憧憬在吸引著他，從而完成他對自己內心的苦苦期待。有人說：寫作可以對抗虛無，我認為寫詩更是一種自我救贖。生命中總有那樣一些冥冥中的緣定，不期然地驀然相遇，東風化雨，一路繽紛，綻放出宿命裏早已孕育的一種生命方式：為了詩意地活著！

儘管歲月催人老，似水流年不可追。但我畢竟
找到了作為一個普通知識份子的感覺，且又多了幾分
雅興，可以為文，可以讀書，可以交流……總之，閱
讀、求知、解惑與思索，已成為我生命中最重要的事
情。以前平淡的教書生涯夾雜著無盡的辛酸與苦澀，
寂寞與興奮，伴隨著我走過了漫長人生。如今榮枯事
過，喜憂心忘，一切都拋入了歷史。絢麗歸於平淡，
寧靜達以致遠，細細想來，其中頗含禪理。

二○○七年十月十八日

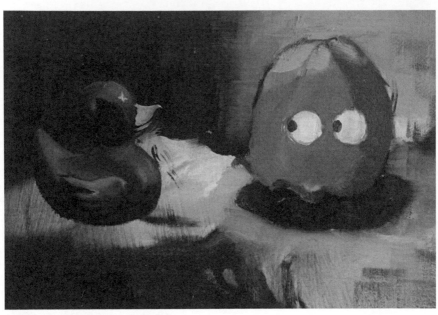

寬容是金，感恩知福　布面油畫

平民教育的誤區

　　非上即下，非富即窮，非人上人就是人下人，這是中國封建思想的殘餘，毫無人性，極其殘忍。為什麼西方國家崇尚平民教育？因為西方人很明智，也很客觀。他們知道如果有100萬個同齡人，99.5萬人屬於普通公民，零點零幾萬人才有可能成為比爾·蓋茨、布什和希拉里。但要成為這樣的社會名人和高峰人士則要付出比常人更多的代價，承擔更大的風險和壓力，生活質量並不比一般人高。而在中國，如果你不當官，不致富，你就會受到社會的歧視和欺壓。嚴重的兩極分化，沒有中間層，沒有中產階級，這樣的一種社會文化生態，給平民教育造成了極大的心理災難。

　　實際上，做父母不應該承擔把兒女變成天才與人尖子的重任。而是應該教育兒女如何成為一個普通的、合格的公民。健康的體魄、健全的人格、協調的

神經、平和的心態，這才是最重要的。千萬不要做那
犧牲99%去賭押那個1%的蠢事。避免造成千軍萬馬走
獨木橋，一將成名萬骨枯的局面，因為它導致了全民
的浮躁。

　　社會在今天當然要改善每個人的生活環境，讓
全體公民，特別是底層民眾分享社會發展的成果，這
對構建和諧社會是極其重要的。但同時在劇烈的全球
競爭中，一個國家和民族乃至每個人都面臨著嚴峻的
挑戰，不進則退，逆水行舟仍然是中國面對的現實環
境。弗里德曼的《世界是平的》裏面有一段讓我非常
感動，他講到他送女兒到遠方上大學，卻感到憂鬱而
不是欣喜。他說自己家裏永遠還有女兒那張溫暖的
床，但女兒的燦爛未來卻只能依靠她自己的奮鬥，通
過個人的拚搏在這個競爭日趨激烈的世界上找到自己
的位置。一位美國父親還會有這樣的憂鬱，更何況我
們這些中國父母呢。

　　一方面社會有責任關愛年輕一代，讓他們獲得更
多的支援和機會，需要以最大的熱情傾聽他們的聲音

和要求;但另一方面,任何年輕人都會面臨命運的嚴峻挑戰,都會面臨艱難的選擇和成長的危機。這就需要一種「勵志文化」,鼓勵年輕人依靠自己的力量給自己創造一個錦鏽前程。我們應該告知年輕人,父母應該給兒女一張床,社會也應該給面臨困難的人一張床,這是一種責任。但一個人的燦爛未來卻永遠得依靠自己的智慧和努力,這同樣也是一種責任。

二〇〇七年十月二十六日

平民教育的誤區　布面油畫

民主政治ABC

　　從國家來講，公民自治是共和國的立國之本。共和民主政體與專制極權政體最大的區別，就在於前者由自治的公民組成，後者由被治的順民組成。就社會而言，順民被治，尚可苟安；公民自治，則享太平。但危險的是，如果一個國家的人民已經有不甘被治的要求，又沒有實行自治的能力和規則，那將是很可怕的一種局面。

　　在我們國家的歷史上，曾經錯誤地把民主只當作手段，而否認民主也是目標。在把民主只當作手段的同時，又錯誤地認為手段的多樣性，民主並不是惟一的手段。如果長期對民主政治發展和政治體制改革注視不夠，措施不當，客觀上會導致不良政治因素累積成災，潛藏的社會矛盾和危機愈演愈烈，最終會阻礙經濟的發展。而政治體制改革以發展民主政治為目

標，表明了我們致力的政治體制改革，必須建立完善
的表達各種政治要求，各類利益訴求的渠道，必須實
現教育、新聞、司法獨立及其社會監督機制，從而進
一步實現各階層、各黨派、各社會團體之間，政治協
調一切社會矛盾和利益衝突的憲政法治制度。

歷觀往史，在野的要想法獲取權力，在朝的要極
力維護其政權，古今中外，無有例外。但歐美政黨，
恒以施政的政績來維護其政權：國防務臻安全，政治
力求清明，經濟力爭繁榮，在交通、教育、治安、衛
生、住房、休閒等一切方面，無不用最大的力量向最
好的目標做去。所以歐美各國無論內政外交、經濟文
化，執政當局，總是處處為國家的前途著想，時時替
人民的福利的打算。只要政績良好，人心自然歸附；
人民擁戴政府，政權自然不會動搖；而朝野分頭努
力，國家因此亦可抵昌盛康樂之境。

在中國，自古以來編撰「地方誌」是一脈深遠
的傳統。一個地方，在漫長歲月裏歷經反覆書寫、編
撰，逐漸形成它自有的歷史、知識和傳奇的譜系。

「志」保持著地方獨特的記憶和靈魂。但當前中國的地方誌所體現的信念正深陷危機，在現代化和全球化的浪潮中，抹平一切差異的衝動遠遠超過保存和堅持差異的意志。我們正在迎來的是千篇一律的城市和鄉村，無記憶、無背景、無特色、無根基，更無在全球化語境中的自我發現和自我闡揚。

二〇〇七年十一月五日

民主政治ABC　布面油畫

價值多元更接近人性

其實，即便如美國那樣典型的資本主義社會，人的社會地位與經濟地位也不總是重合的。價值所以要多元，原因很簡單：它更接近人性，能帶給個人更多的幸福，群體更大的效益。而價值的一元雖不是一點功用沒有，但當一種價值瘋狂兼併了其他價值時，社會的諸多部門及領域便門破牆塌。因為它剪齊人生，簡化人性，畢竟與廣開幸福門道，肯定各種潛質，啟動一切創造力背道而馳。

對名譽、地位、財富、愛情、自我實現等價值觀，在社會生活各個領域以及小圈子社會之間的分佈組合，做宏觀上的考察與調控，這相當於精神上的南水北調，西氣東輸。常說腐敗是精神的逃荒，貪官是價值的難民。而當下思想被改造成毛票的主流知識精英，以他們經濟人的世界觀，初級階段的歷史觀，要

麼道德理想國，要麼天馬行空地瞎扯蛋。價值直接等同於價錢就完事大吉，教育、學術腐敗就是這麼等同出來的。

孔子曰：「富而可求也，雖執鞭之士，吾亦為之」。就是如果能夠得到「利」的話，拿鞭子趕馬車我也幹。但問題在於，義和利之間，你要見利思義，而不能見利忘義。過去我們片面地把競爭理解為商戰中的你死我活，這跟和諧社會是背道而馳的。實際上，上世紀九十年代以來，國際上就已經把競爭變成競合，現在的競爭更需要大家雙贏甚至多贏。後來又提出戰略夥伴關係，也就是利益各方無論強弱大小，都有各自的優勢和不足，同樣能以人之長補已之短，結果達到互利互讓，和諧共存，這實際上反映人類社會的文明進步。

推動人類進步的是思想，創立宗教，使人的靈魂得以超脫的是思想，創造出供人們鑑賞的藝術也是思想……世界上的全部文明都是由思想產生的。人類之所以不同於畜類就是因為只有人才有思想。生活在魚

缸裏的魚可能並不知道魚缸是什麼樣子，而一個旁觀者儘管知道魚缸整體，卻又沒有生活在其中的真實感受。我們每一個人都在生活，可誰又能對自己所處的世界有清晰的判斷和思索呢？

二〇〇七年十一月十五日

120

價值多元更接近人性　布面油畫

琴棋書畫瑣談

　　琴、棋、書、畫，是四個音節，初讀之下的抑揚頓挫或許會觸動你我心中某些柔軟的地方。琴的深幽，棋的王氣，書的灑脫，畫的適意，四門藝術，歷經千載，沉澱了歲月的光澤，承載著華夏的魂魄，在文人的掌股之間幻化著生命的不朽真意……。

　　曾幾何時，我們的生活中少了恬淡寧靜的氣息，塵囂紛起的浮華遮蔽了人們的視線，娛樂成為了追求享受和感官刺激的代名詞，曾經高雅的消遣方式離人們漸行漸遠。作為傳統人文生活的代表，琴棋書畫普遍受人誤識。琴之雅樂只在文娛節目中偶傳佳音；棋也退卻了文化的外衣，成了爭勝鬥勇的介質；書畫不再為人常習之，真偽莫辨，魚龍混雜，化作了市場上一件件真實交易的價格。此情此景，不由得令人感歎在快速發展的現代社會，面對新潮流，傳統文化是如

此的孱弱。與此同時，每日奔波繁忙的人們在飽受現代文明的衝擊後，在享受到物質豐富帶來的，以奢華為名的時尚娛樂方式後，有人似乎也躑躅了腳步，一絲空虛或許會悄悄潛入人們的心扉。

也許，國人應該尋找，尋找那偶入耳際的天籟之音帶來的心馳神往；尋找弈棋勝負間對人生多艱的領悟，尋找書情畫意中的人文情懷。讓凌亂跳躍的思緒稍稍停歇沉靜下來，在傳統文化的滋養下，去撫慰人們日益躁動不安的心靈，尋覓一份屬於自己的生活情致。

琴棋書畫詩酒花，當年件件不離它。朋友，讓這些啟動生活的精靈與我們的生命相互糾結融合在一起，以完善我們自身的高尚文化人格。

二〇〇七年十二月二日

琴棋書畫瑣談　布面油畫

124

更有天籟指間來

　　古琴曾經作為文人生活的必要元素，具有極高的審美價值。其音婉蜒低徊，清幽悠遠；其形簡潔流暢，錯落大方，它集樂器、書法、篆刻於一身，無論從何種角度來看，古琴都可稱為中國人文精神的完美實現。而今其之所以未被市場廣泛認同，一方面是因為古琴自古以來作為高雅文化的代表，被文人賦予了理想的旨趣：以琴會友，以琴遣性，琴之知音多以其互相饋贈，唱酬心意。同時另一方面在中國樂器中，古琴的聲音是特別的，不似二胡如泣如訴，卻比之委婉纏綿；不如古箏歡快響亮，演奏效果立竿見影，卻平和沉穩，有一種往心裏去的吟哦；也不像琵琶那麼鋒芒畢露，大珠小珠落玉盤的直截了然。古琴是細膩含蓄的，吟揉注的指法不動聲色地控制著輕緩重急，這樣的聲音決定了它不宜作合奏樂器，適獨奏。能與

古琴相和的，惟有簫了，簫的幽怨迷離和琴的古雅通脫揉成林下之風，超脫現實之境。古琴的聲音是讓人迷戀的，泛音的輕靈清越，散音的沈著渾厚，按音的或舒或緩或激越或凝重，讓人真正體驗到餘韻嬝嬝、象外之致的韻味，就如同一炷香慢慢地在空中舞蹈，且虛且實，繚繞而去。

　　這就是古琴，它會浸潤你的心，但一切又似乎是淡淡的，它會停留在那裏，不時地從你心裏浮上來，飄散、迴旋。「伯牙之弦，子期可解」。所以，無論《廣陵散》的豪放激越，《瀟湘水雲》的水光灩灩，《平沙落雁》的輕靈逸氣，或者《醉漁》的酣暢灑脫，在各各不同的曲子之上似乎總還是氤氳著一種迴腸盪氣的悠遠，彷彿升起一縷縷淡煙，久久不肯離去。

　　　　　　　　　　　　　　　二〇〇七年十二月八日

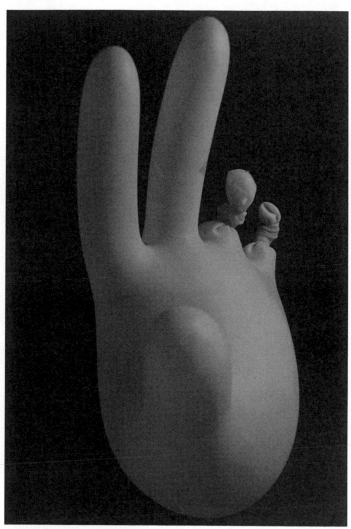

更有天籟指間來　攝影作品

128

知棋萬千明興衰

在中國，圍棋起源於遠古，春秋、戰國、兩漢時期逐步發展，自南北朝始漸漸盛行與世。圍棋不僅具有其他藝術門類的許多共性，諸如抒發胸臆、陶冶情操、修身養性、生慧增智，而且還與天象易理、兵法韜略、治國安邦相關聯。它獨特的文化意蘊和魅力誠如古人所言：「世道之升降，人事之興衰，莫不寓是。」

棋如人生，弈棋者不僅比棋藝，更比膽識、比禮儀、比境界。有人形象地把一局棋的三個階段（佈局、中盤、官子）比喻成人生的三個階段，即少年、中年和老年。佈局講究紮實，要打好人生起步的根基，著眼於未來的發展，這暗合了人的少年時期；中盤注重昂揚奮進，敢於搏殺以求勝算，這暗合了人的中年階段；官子階段講究滴水不漏，顆粒歸倉，暗合了人的老年階段要重操守，保晚節。

　　圍棋構造簡單、法度公平、邏輯嚴密、內涵廣博，謂之「有天圓地方之象，有陰晴動靜之理，有星辰分佈之妙，有風雷變化之機，有春秋生殺之權，有山河表裏之勢，」這些神奇變化豐富了我國古典哲學的精華——天道自然觀和樸素辯證法，這正是幾千年來圍棋發明發展的基礎。

　　棋雖小道，關乎興衰。弈者對壘，品德惟尊。青睞圍棋的人是品格高潔，清心寡欲的，「不以物喜，不以己悲」。它那簡單到不能再簡單的黑白棋子，平易的縱橫直線，都在無聲無息地傾訴著它那與生俱來的品格。東晉高僧支道林與頗負盛名的輔國重臣謝安相交，他長期枰邊觀戰，見棋手交鋒時緘口不語，手起棋落，意蘊其中，「共藏多少意，不語兩相知」，於是說圍棋是「手談」。後來，王坦之把弈者正襟危坐、運神凝思時的神態表情，比作是僧人參禪入定，故又稱圍棋是「坐隱」。

　　戰罷兩奩收黑白，勝負兵家等閒事。我們的先賢，並沒有給圍棋烙上明確的中華印記，它已在其他

國家乃至西方世界開花結果，發揚光大。圍棋猶如大
海，有容乃大，這就是圍棋幾千年來長盛不衰、四海
流傳、擁有強大生命力的原因。

二〇〇七十二月二十日

知棋萬千明興衰　布面油畫

書道千秋　落紙雲煙

　　中國書法是中國文化史的縮影，它伴隨著中國文字的發展而發展，是我國特有一種藝術形式。誠如著名書法家沈尹默先生所言：「世人公認中國書法是最高藝術，就是因為它能顯示出驚人的奇跡，無色而具圖畫的燦爛，無聲而有音樂的和諧，引人賞心悅目，意暢神怡。」美學家宗白華先生甚至說：「如果西方美術史是以建築為主線；那麼中國的美術史，應該是以書法為主線。」學貫中西的林語堂先生也說：「西方人總喜歡到女人身體上去尋找美的旋律，而在中國，書法給了我們基本的美學。」所以收藏和欣賞書法作品，自然成為人們的一種人格修煉、文化素養和品位的標誌。

　　書法是最能代表中國的一個符號，我們現今所能見到的最早的古文字資料為商代後期的甲骨文和金文。甲骨文是刻在龜甲上的占卜文字，金文是指在周

代以鍾和鼎為主的各種青銅器銘文，所以也稱金文為鐘鼎文，或稱大篆。站在書法的視角看，這些文字已經具備了線條美、造型美等諸多美學因素。從這個時期至秦始皇統一六國，漢字經歷了一個由繁到簡的發展演變過程，而其本身諸多的書法美學內涵也隨之日趨豐富。以後歷經秦漢、魏晉南北朝、隋唐、宋元明清乃至近代浩瀚的歷史長卷中，書法在書體、結構、運筆、章法等方面更趨成熟。篆、隸、真、行、草諸體咸備，曰臻完善；各朝各代各流派，承上啟下，名家輩出，精彩紛呈，蔚為大觀，使書法展示了極高的藝術情趣和個人、時代風格。

品賞一件書法作品，首先要看作品通篇的佈局，氣勢，神采，但關鍵要看線條和造型。看線條的智慧，看線條的氣勢，尤其是草書這最具標誌性的獨特藝術形式。因為草書除了有語言、結體的規定性外，從線條的角度上講，草書有其特殊的藝術形式和要求。因為有質感的線條具有啟示性，讓人生發奇想，讓你的感悟如清泉細流，如落紙雲煙，如智者答疑。

京劇表演藝術家梅蘭芳先生做功，一舉一動似遊龍驚蛇，其高雅之處比喻為草書的線條再適合不過了。

令人心醉的草書都是書家性情、技法和文化素養的結合物，不可任筆為書。草書的揮灑也是在精熟的正書、行書筆法基礎上的發展和昇華，如果沒有這個基礎，絕不會有草書那筆落驚風雨的高邈境界。

二〇〇七年十二月二十二日

書道千秋，落紙雲煙　攝影作品

心有清韻話丹青

　　中國畫又稱卷軸畫，也就是在宣紙或絹製成的手卷或立軸上，用毛筆和水墨或水墨淡彩畫成的繪畫作品。它植根於華夏濃厚的文化沃土之中，在漫長的發展中對自身表現形式的反覆錘鍊、豐富、昇華而日臻完美。其發展和演變大致分為：先秦兩漢時期民族繪畫風格的初步形成；魏晉南北朝的發展階段；趨向全盛的隋唐五代時期；蓬勃興盛的兩宋時期；以筆墨情趣為主流的元代繪畫；明、清時期繪畫流派的湧現以及繼承和發展的近現代繪畫。

　　書為心畫，畫為心詩。中國畫的文化背景深厚，它經過彩陶、青銅器以來的藝術嬗變，經過先秦諸子百家的思想積澱，諸如中國古典哲學中的辨證觀念、道家思想裏的天人觀、儒家思想裏的「仁」與「和諧」之說，都深刻地影響到中國畫的審美取向。同時

禪是中國化的佛學，六朝以後的禪宗思想對中國畫的
影響也是很大的。禪宗強調一種有無之間的東西，而
中國畫的筆墨變化恰恰是最好地表達這種有與無，似
與不似之間的感覺，所以禪宗修養很深的人的畫境清
逸高遠、氣韻生動。如王維、蘇軾以及元、明、清季
的繪畫高手筆下均有禪意，這是畫家對自然的一種感
受，這種觀念表達出來的物象就叫心象。

　　中國畫講究意境、氣韻、筆墨和人格修養，人品
不高，落筆無法。石濤在《畫語錄》中說，「得乾坤之
理者，山川之質也；得筆墨之法者，山川之飾也。」這
乾坤之理就是那種俯仰天地、關照眾生的人文情懷，這
種情懷會時常演繹成一種在傳統與現代之間的心靈追
溯，如吳昌碩的《清供圖》，以充滿文化懷舊的意韻，
筆觸延續了傳統的血脈，同時又與他那個時代的視角與
審美情趣獲得了欣賞者心靈的文化和鳴。

　　繪畫本身就是一種文化行為。在傳世名家作品
中，那種書寫心韻的繪畫語言，那種獨與天地精神相
往來的審美向度，都體現了畫家既有向傳統的深入漫

溯，進入古人深邃悠遠的審美空間，又表現出富有現代意識的秩序感以及來自於畫家自身的時代審美情趣和生活積澱。繪畫作品之所以能具有震憾人心的感染力，其中最關鍵的還是作品中蘊涵的人文精神。當代中國畫家對傳統與現代觀念的融合、筆墨的修煉、人文情懷的養成，均令人寄於厚望。他們一方面具有艱難生活的記憶，同時又是中西文化交流、碰撞，深刻體悟社會轉型的優秀群體。相對於前輩和後來者，他們既有對傳統的渴望，又有相當的藝術開放性和文化追求的自覺意識。因此在繪畫中表現出既灑脫清逸又底蘊深厚的大氣，他們延續的，正是中國繪畫藝術的正脈。

二〇〇七年十二月二十八日

心有清韻話丹青　布面油畫

似曾相識世間情

　　愛，在我們這個時代，也許比在其他任何時代更重要，已經成為人生最大的支柱。但是這個支柱，已經變得極其脆弱，一觸即潰。難怪許許多多的人會覺得，人生的大廈，或者小屋，常常岌岌可危！這種危局，是我們自己造成的。我們常常沒能把愛想透，把它看得太簡單，或者混同於別的東西；我們常常只用一種愛（例如男女之愛）取代別的愛，眼光變得太狹窄；我們常常對愛過於信賴或近乎崇拜，把它當成了上帝——《聖經》說「上帝就是愛」，但人間的愛並不就是上帝！

　　情感是人類最珍貴最誠摯的一種心靈體驗和精神寄託，它雖然因人而異可分為各種形態，但最主要的莫過於親情、愛情和友情這三類大的範疇。文學通常被認為是人學，那麼它就必須充分展示人性，表達人

情，傳遞人與人之間那種相親相愛或心音呼喚的血脈綿連，並真實地再現或刻畫這樣一種美好的過程。

　　小時侯，我常常會在浩瀚的星空下聽鄰居老人講歷史故事。幼時的我仰頭望著星空，眼前幻化出一個個歷史人物，他們指點江山，嬉笑怒罵，在各自的人生舞臺上扮演著不同的角色。老人說，每一顆星代表一個人，一個已經逝去的人依依不捨地凝望著人間。我固執地信了這句話，歷史原來是由閃爍的繁星串聯起來的。長大成年後，很少有時間再長久地仰望星空了。直到後來遭遇了許多人生歷練，耳目打開以後，我對歷史的認識，才有了新的改觀。兒時聽到的歷史故事猶如道道彩虹，使我的視野開闊而五彩斑斕，因為它讓我看到，對永恆的世界來說，個體生命的短暫和各種私欲的微不足道，一個人退隱到任何地方都不如退入自己的心靈更為寧靜和安逸。

二〇〇八年三月十八日

似曾相識世間情　布面油畫

144

亦秀亦豪傾情懷

　　一泓秀水，可動可靜，亦柔亦堅。水是智者，教會我們如何看待人生沉浮得失，使人懂得處安不怠，處順不狂，處變不驚，處逆不餒。一棵樟樹，紮根在並不肥沃的黃土中，卻長得枝繁葉茂，鬱鬱蔥蔥，從容自然，不亢不卑。水之秀美，樹之豪氣，柔婉中帶點剛勁，剛健中透出雅致，我想這便是一個文化人為人為文的氣度和特質。

　　思辨與情感理應源自於對生活的體驗和對生命的認知，而這種認知往往使人發現了生活之美，並因為對美的傾慕而迸發出激情與靈感。文學作品的思想內涵，往往就是作品的精神魂靈，也是作品賴以傳揚和延世的生命活力。任何作品，如果沒有融入作者的思想火光和精神氣質，那就無法獲取新穎的立意，因而也就難以存活下去，更不能流傳開來。

　　塵世的喧囂，掩埋了很多舊事，卻埋藏不了當時心靈的激盪。在我們每個人的記憶中，是否有這樣的詩句，寥寥數語，卻讓你銘記至今？也許並不是每個人都會寫詩，但卻一定都被詩歌的力量感動過。那些或長或短的句子，似有魔力，在生命的某個階段讓人覺得似曾相識，讓人深思不語，讓人雀躍或流淚，久久不能忘懷。

　　文字在我們這個時代似乎失去了力量。故作幽默輕鬆的文字很多，把歷史拿來戲說卻使人看過就忘。炫耀技巧的文字也很多，結構複雜，故弄玄虛，卻使人昏昏欲睡。賣弄情緒的文字更多，看起來很酷，卻一無深意。真正能撫慰人心的，使人覺得妥帖的文字，其實絕不需要雕琢，只要從靈魂深處淌出，由此心，及彼心，如此便好。

二〇〇八年四月二日

亦秀亦豪傾情懷　布面油畫

148

文明的衝突與融合

在十九世紀，中國人稱西方為「泰西」，西方人稱中國及其近鄰為「遠東」。泰西和遠東，都表達了一種遙遠感，既存在著空間上的距離，也顯現了文化上的距離。然而，借助於工業革命之後所獲得的物質力量，西方人能夠跨越遙遠，把自己的文明帶到東方。在這個過程裏，英國人的艦隊打開了中國的藩籬，美國人的艦隊打開了日本的藩籬，東西文明的交往，是以衝撞和衝突為起點的。而後，是古老的東亞在形勢的壓力下奮起直追，開始了近代化和走向現代化的歷史進程。半個多世紀裏，中國人從洋務運動以「借法自強」，帶著被侵略的創痛接受了一部分西方文明。隨後由洋務而維新，由維新而革命，在變法圖存的宗旨下接受了越來越多的西方文明。而與之相伴隨的，則是傳統文化的暗淡和褪色。十九世紀六十年

代首開洋務的那一代人心懷「中體西用」，他們接受西方文明，而意在取新衛舊。但時至二十世紀前期，歐風美雨咄咄東來，中國所成長的另一代人中又出現了「全盤西化」的議論和追求。這個過程，在近代日本則表現為最初的「和魂洋才」到後來的「脫亞入歐」，真實地記錄了東亞民族在走向現代化時曾經歷過的心路歷程。其中包含著侵略者壓力下產生的苦痛，以及由苦痛產生的急迫，由急迫產生的偏斜。

以衝撞和衝突為起點的東西方文明交會，在最初百年裏顯示出來的是西方文明的優勢和東方文明的弱勢。然而時至二十世紀後半期，現代化已經伸展到世界上許多地區。這種伸展的過程把從西方文明中吸取的有益成份，融入本土文化之中。由於融入了本土文化，現代化的根須就扎入各異的民族和社會；也由於溶入了本土文化，現代化已呈現前所未有的多樣性。現代工業東亞的崛起，正是出現在這個過程中的引人注目的現象。它們的存在和發展促成了東方人對「全盤西化」的反思，也促成了西方人對歐洲中心主義的

反思，世界所拓展開來的是文化交往中的一個理性的時代。西方文明和東方文明因之而能夠從優勢和弱勢的對比中走出來，成為平等對話的兩種文明。

二〇〇八年四月九日

文明的衝突與融合　布面油畫

盡物之性與盡人之性

　　剛剛過去的二十世紀，一方面造成了技術昌明，物力厚富；一方面卻以失衡的生態在我們這個星球上留下了累累傷痕。一方面用經濟網絡把五洲四海連為一體，使空間上分割開來的不同民族彼此聯繫越來越密切；一方面又在百年之中造成了兩次世界大戰，多次局部戰爭和長久冷戰的痛楚。在這些矛盾和衝突中，促成了進步的東西，又往往制約了人類的進步。

　　《中庸》裏有一句話，叫做「盡人之性而後可以盡物之性」。雖然這是兩千多年之前的話，但對二十一世紀以現代化尋求發展的人類來說，其中包含的智慧和洞見卻能夠引出長思久想。自從培根提出「知識就是力量」之後，發源於古希臘的科學精神就被人類日益自覺地引入征服自然的過程中去。這是一個「盡物之性」的基本過程。在蒸汽機時代，征服自

然還僅僅表現在借用風力、火力、水力以師法造化；而時至今日，人類手中的粒子加速器已經做到了用一個人造的環境，把自然環境中不易顯現的物性強逼出來。其間的進步速度，正不可以道理計。二百多年來，這種「盡物之性」的過程已累積地造成了巨大的物質文明，使人類的生活發生了翻天覆地的變化。然而就和平與發展而言，「盡物之性」只體現了一面之理。和平的主體是人，發展的歸宿也是人；人類社會的終極價值歸根結底總是以人為尺度的。因此「盡物之性」的一面應該結合「盡人之性」的另一面。工業革命以來物力日漸厚富而天下紛爭滔滔不息，正是「盡物之性」的一面與「盡人之性」的一面常常脫節的結果。我想，現代化是從「盡物之性」開始的，但現代化的圓滿卻是在「盡人之性」與「盡物之性」的同一，以及經濟和倫理的同一中實現的。

與「盡物之性」相比，「盡人之性」恐怕是一個更大的課題。這是每一種人類文明都無法回避的題目。以群體為範圍，「人為性」派生出人與人、國家

與國家、民族與民族之間的關係。每一種關係都與相應的群體利益對應。利益與利益，既因分解而導致衝突；在一定範圍和一定的程度上，也可以在共同利益的基礎上走向妥協與合作。二千多年來，人類經歷了分解多於協同的歷史，然而從孔子以來，儒家懷抱的「為萬世開太平」之理想就一直保留在東方文明之中，成為感召人心的一種信念。今天的世界，全球一體化已經成為一種明顯的經濟利益格局和走向。民族利益、國家利益和全球利益，往往牽一發而及全身。這種態勢，使人們在為自己思考的時候不能不同時為別人思考。我相信，在二十一世紀，先賢留下的憧憬一定會喚起人類更多的自覺，使我們這個世界穩步走向和平與發展。

二〇〇八年五月五日

盡物之性與盡人之性　布面油畫

漂泊者手記

　　　　　　——旅美畫家張亦平油畫集序言

　　南京是張亦平奔波於中美之間的棲息之地，這條道路是一個中國人的血緣本能替他開闢的。作為一個不知疲倦的漂泊者，他從中國南方一個美麗的港口城市出發，跨江過海，一路風雨，之後駐足於美國中西部風景如畫的科羅拉多州丹佛市。春夏復春夏，秋冬又秋冬，十五年來，把生命的激情和思考熔鑄於東西文化交流的漫漫長途中。

　　在張亦平的作品中，無論是騰躍於崇山峻嶺的一匹駿馬，還是倘佯於湖海港灣的一隻木船，一切氤氳在高邈、清澈、寧靜，溫潤而又孤獨的氛圍中。前無盡頭，後無歸程，如夢似幻，影影綽綽，詩意地呈現了畫家意欲超越中西歷史文化的時空阻隔，從而探索油畫所特有的中國品質的濃鬱情結。

　　西方古典油畫的風韻在它的故鄉幾成絕響。但在東西文化藝術的交彙處，卻有包括張亦平在內的一批中青年畫家在潛心研究古典油畫風格。這種從油畫語言的「本源」上和油畫內涵的「本質」上吸取西方油畫精華的舉措，是一種兼有技藝與文化意義上的嘗試。發展中的中國油畫似乎繞不開把握地道油畫語言這個基礎，因而張亦平作為新一代油畫家的一員，無疑承擔一種歷史性的文化使命。

　　張亦平不為當下新觀念、新媒介等紛繁迅捷的熱鬧景象所吸引，義無反顧地在架上繪畫領域裏艱辛探索，勇敢跋涉，瞻望他的藝術前程：路正長，情愈濃，景更美……。我們衷心祝願這位中美文化交流的使者風雨前行，一路崢嶸。

　　人海茫茫，結情有緣。亦平君敏而好學，誠邀作序。我見此畫冊為他近年來一次比較集中地面向社會的藝術展示，特別是最近的新作，使我們能夠看到他藝術創造的新境界和新進展，故欣然命筆。

二〇〇七年六月十九日

徐明明寫於南京晨曦莫愁湖畔

張亦平　白雲山下　布面油畫

張亦平　紅色的擁抱　布面油畫

思想的日子

　　繪畫之於我，從自幼喜好開始時，我就喜愛在形象語言中表達獨特情意的畫家，如梵高和畢卡索。在他們艱辛的藝術探索中，當掌握了表現物件的技巧，技巧就讓位於思考。畫中思或思中畫，從不同方面、不同時期給人以美的震撼。

　　由此在進行專業課程訓練中，我從來不認為素描是細節特徵的練習，而認為這首先是表現內心感情和反映自己精神狀態的手段，這種手段能夠使造型更為簡潔。

　　課堂上的素描練習，我認為應當尊重客觀物件，無論從形體、比例、光影與體積的「配合」，都應以物件的真實狀態加以提煉。脫離對象，隨心所欲是愚蠢的行為。我覺得畫素描的感覺應當像在做雕塑，每一個面的朝向，應當有很實在的過渡，如筆尖接觸紙面的感覺就如同螞蟻在石膏上爬行。每個層次的色調

意味著面的朝向，暗部至灰部，中間層次慢慢延接到亮部。我想高光應當是被擠壓出來的，而不是孤立的「小白點」。

畫畫時，手頭上的控制實在太重要了。即要把份量感做足，又要把握色調的細膩變化，我想這些都是基於反覆觀察和比較之下，才可能胸有成竹地表現出來。

對於速寫，我覺得是挖掘個人審美特質的方式。對許多生活瞬間的關注，可能會牽動我敏感的情愫，隨之產生的感動和興奮，激發了我的創作欲望。

我曾經去四川的藏民聚居地。在與藏民交往中，首先感染我的是人性中尚未世俗化的原始與質樸，對宗教禮拜的虔誠，以及世世代代在貧瘠土地上頑強生活的人格力量。那時那地，我感到技巧已不重要，我的手被一種莫名的力量驅使著，那種粗獷、強悍、肅穆、神秘的感覺，在下意識的狀態下被「神聖」地記錄下來。那時，我本能的感受完全是為了表達情緒而畫畫。由此可見做作品「動腦」是初級層面，「動情」才是最重要的。一旦短暫的生命感受能夠和無限

神秘的藝術宇宙相碰撞、相感應，人的自我尊嚴就會提升。即使這美麗的靈魂稍縱即逝，曇花一現。但留下的藝術花瓣，仍將代替感知獲得保存和延續，獲得了繼續飛翔的權利。

美是騷動不安的，藝術家卻要讓它靜止；美是稍縱即逝的，藝術家卻要使它永存。從宿命的觀點看，藝術家生來就負有悲劇性的使命。他的使命是喚醒感覺，復活對象。內感覺的喚醒即捕捉情緒，外感覺的喚醒即捕捉意象。而復活對象，就是使尋常的對象在一種詩意的想像和獨特的創造中產生無窮的魅力。

我最終認為，藝術是一種瘋狂的感情事業。不朽的藝術只能在純真無私的心靈中誕生，在自己的土壤中發芽。我深信自己的作品將會喚起每一顆善良之心的共鳴，像崔健的搖滾、像貝多芬的交響，唱出心底的最強音。

徐跋騁

二〇〇三年十月

思想的日子　布面油畫

未完成的思考

　　人們在日常的勞作中產生了思維的慣性，在平淡的生活程式中，無奈地與社會世俗妥協，不斷地尋找生存的平衡點。

　　發洩的機會是偶遇的，而由岩漿湧動導致火山噴發是必然的。我身上必定有兩個自我：一個好動，什麼都要嘗試，什麼都想經歷；一個喜靜，對一切周圍的事物加以審視和消化。即使我不介入其中，也會全身心地去體驗生命。

　　觀看別人就如看電影的感覺一樣，人們的各種動作、語言會使我產生許多聯想。那種想像與思索本身就充滿無限魅力。如這回在下鄉過程中常老師的角色感尤為突出。常老師那種個體的獨立，對常規的反叛，使我們感到自由的存在。人們在很多情形下都可能有或多或少的違心舉動，完全按照自己所認定的生活方式生活則是難能可貴的。

　　返回洛陽的那天，常老師請同學們去KTV玩。在他的煽動下，同學們潛伏的內心火焰得以短暫的肆無忌憚的釋放。奇怪！我還是出奇的冷靜，成為了「事件」的見證者。同學們都搖著、滾著、蹦跳著──隨著光線流動所交織變幻的奇異效果，身子也開始山舞銀蛇起來。難得看到同學放縱的一面，體液所產生的濕潤感充斥了包廂，震耳的節奏與心跳此起彼伏。喜歡拍照的我，馬上開始工作，起先我用光圈優先，產生了培根的畫面效果。後來我不小心用了閃光燈，把扭曲誇張的動態給定格了。有些同學在空中，怪怪的，時間好像也被凝固了。

　　同學們在那窮山溝裏憋得夠慌了，總算憋到與現代的娛樂方式親密接觸一把。回想喬莊的人們日出而作，日落而息，資訊閉塞的生存狀態。與老鄉交談，他們好像對外面的世界也並不關心。只管與大自然親密交融。不過在他們物質要求極為初級的狀況下，令我吃驚的是：他們都是虔誠的宗教信徒。如我住的那戶老鄉，他們每個星期都堅持做禮拜，堅信主能保佑

他們有一個好收成。在交談中得知，老鄉家中有6畝田，只產小麥，沒有經濟作物。風調雨順的話，一年能產2000斤糧食，最近幾年，免收了農業稅，產出的糧食勉強夠自給自足了。又談及他們的兩個孩子出門打工的遭遇——我望著他們善良乾淨的眼神，不由心頭酸楚起來。

這些弱勢群體的確很脆弱。上帝創造了鄉村，而人類創造了城市。「城鄉分治，一國兩策」在計劃經濟條件下形成的格局至今沒有改變。

城鄉之間人為劃分的「楚河漢界」就成了中國億萬農民無法逾越的鴻溝，這條鴻溝使得每個農民，打娘胎裏一出來，註定成為這個社會的「二等公民」。富者越富，貧者越貧。財富上的這種馬太效應，正在中國廣大的城市與鄉村之間日益加劇地顯現。

「二元結構」最大問題是一個社會中的成員在經濟、文化各方面，不能整體性的均衡發展。這樣就勢必導致現代化在一個國家中出現斷層：一部分人迅速走向了現代化，而大多數人卻與現代化無緣。

　　一邊是龐大的城市工業生產過剩，一邊是貧窮的農民買不起工業品。哎！對於農民的命運我只能輕道一聲「阿門」。

　　「上帝創造了鄉村，人類創造了城市」。這是英國詩人庫柏的詩句。我要補充說：在鄉村中，時間保持著上帝創造時的形態，它是歲月和光陰；在城市裏，時間卻被抽象成了日曆和數字。

　　在城市裏，光陰是停滯的，城市沒有季節。它的春天沒有融雪和歸來的侯鳥，秋天沒有落葉和收割的莊稼，在各種建築物的包圍之中，對季節變化會有什麼敏銳的感覺呢？何況在現代商業社會中，人們活得愈來愈匆忙，哪里有閒暇去注意草木發芽！樹葉飄落這種小事！哪里有閒心用眼睛看，用耳朵聽，用心去感受！

　　時間就是金錢，生活被簡化為盡快地賺錢和花錢。沉思未免奢侈，回味往事簡直是浪費。一個古怪的矛盾：生活節奏加快了，然而沒有了生活；天天爭分奪秒，歲歲年華虛度，到頭來發現一輩子真短。怎

會不短呢？沒有值得回憶的往事，一眼就望到了頭。
有幸的是，這次下鄉最大的收穫就是在腦海裏留下了
許多珍貴的往事——

徐跋騁

二〇〇五年五月於河南洛陽寫生途中

未完成的思考　布面油畫

我創作，所以我活著

　　我們每個人由於周遭的境遇不同，都會有各自的原始創作衝動去訴說什麼。我們可能遭遇什麼，我們擁有什麼，如何形成工作模式？這些是藝術家首先要面臨的，其次，實驗性在創作過程中是尤為重要的，羅蘭·巴特所提出的「零度寫作的概念」是指在創作的過程中不帶任何先入之見。創作過程其實是作者努力把原始衝動放棄，使自我消失的過程，這是解構主義純粹的實驗狀態。創作還要經過語言加工的過程，藝術家的任務就是如何把日常語言的符號改變成藝術語言，並輸送回日常系統。我們的想像、潛意識是日常語言的變體。創作過程是向日常生活擷取形象，獲得創作資訊的。在此，我們必須質疑：這個世界上垃圾已經夠多了，藝術家拼命去追求標新立異，爭取新的事物必要性何在？一個新的藝術創作表達方式的產生，最大的效應是藝術語言向

日常語言體系反向輸送的過程。從而拓展人們的日常的想像力，啟動既定的單向度的思維模式。

工作價值是通過工作過程來推進對自我概念的理解。個性是我們創作的起點，創作只是為了把我們的個性留下痕跡嗎？我們的個性又可分為現在的個性和未來的個性。薩特曾說：「存在主義就是人道主義，存在先於本質，人是有自由選擇性的，每個人並不是生來就是英雄或罪人的，人對於康得來說是一個計畫，一個進程，是一個未完成的方案。」上帝的完成有賴於我們的完成。人的擴展也幫助了世界的潛在力的發揮。

藝術家和思想家、哲學家最大的區別在於：藝術經驗賦予我們驚奇的是我們用手去創作而藝術不能在工作之前去設想所有的工作細節，需要行動和情境的互動，行動才能產生大腦無法統計的感性事實，而不只是理性的困惑。動手行動會比大腦擁有更多的信息量，工作方法可以引發情境的改變。我們通常把原始創作構思作為目的，創作過程好像是為了準確地再現原始創作衝動。這種工作過程會使我們錯過很多美景和奇遇的可能性。

作為擴展自己可能性的期待，是不能太多考慮別人的理解能力的。我意圖的不斷改變，其效果往往在別人身上發生，於是意圖的理由可以讓別人來找。我的作品不是為了說服別人，而是自我的發現，自我的推進。在發現與推進中實現日常與藝術，我與他者的相互輸送。我們要積極應對中國的傳統文化，不能只停留在安守本分的層面上。我們在修身養性，滋養的是自身的浩然之氣，展開的是世界奇妙之氣。所謂造化之氣，便是在他與我的互參之中形成，是天人合一的過程。我創作，所以我活著。

　　人不是渾渾噩噩的活物，我們可以說的要清楚地表述出來，不可說的就要把它做出來，我們要「從日常系統中來，到日常系統中去」。在各種藝術現象背後，都有權力運作的痕跡，也可以說藝術是一種權力關係，但並不意味我們就是依順體制，而是積極地參與體制，啟動體制，進而修正體制，使體制朝著更開放的方向運作。

徐跋騁

二〇〇六年五月

徐跋騁　我創作所以我活著　布面油畫

架上的點滴思索

——繪畫的個性與風格

　　當下藝術好像已成為人人可為之事，各種紛繁的藝術表現手段，有裝置影像，地景藝術，行為表演，偶發性藝術，這諸多形式的當代藝術雖給人感官上有充分的刺激，它們所承載的視聽資訊的確比起架上繪畫要豐富得多，但我認為這些似乎都和科技的發展和人們欲望提升趨勢有關。可能若干年以後，奈米技術的廣泛推廣，當前占主流的現代藝術也將更新換代。

　　而繪畫將是永恆的，無論科技如何發展，它都能作為獨立個體去製造一個屬於你的「世界」。在這個世界中你可以訴說你的心情，反映你的生活，暢抒你的思想。

　　而在眾多繪畫大師中，我推崇的有德國的丟勒。首先是從他畫面中透露的那種神經質般的緊張感吸引

了我。即使他畫一位美貌的少女，也給人一種不安的感覺。他的習作和速寫說明他還力求像凡・艾克以來的北方藝術家一樣，像鏡子一樣地反映自然，關注對象，強化對方的形體關係。

我看他的古典繪畫，有雕塑感，調子的銜接暗示形體的轉折，那種體量感似乎可以觸摸。用線的力度和每一根線的信息量是很大的；有暗示形體的翻轉，空間節奏的變化。

丟勒總是不厭其煩地在細部添加細部。在他的銅板畫中構成了一個真實的世界。丟勒好像已經把哥特式藝術轉向摹寫自然以來的發展都集中起來，提高到盡善盡美的境界。

丟勒在人體繪畫上也有一些突出的創新。觀察丟勒實驗各種比例規則，看到他有意地改變了人體骨架結構，把身體畫得過長或過寬，以便去發現正確的勻稱性與和諧性，這足以令人感動。一個藝術家的精神性實在太高了，他仿佛就是上帝！他的看似草草的鋼筆自畫像，每當我翻看這幅畫時，無論情緒如何

煩躁，它都使我平靜下來，注視著那無法捉摸的眼神……。

不過我不太喜歡被學院派大力推崇的畫家，如佛洛依德、阿西賈、賈克梅蒂……這些畫家太個人，很難從他們身上學到一流的具有共性的造型規律。我總覺得弗洛依德畫得太多。拿他與巴爾蒂斯相比高低顯而易見，巴老那「笨笨」的線條中隱露一種智慧和氣度。

巴爾蒂斯的畫中有一種東方的天性，這可能與他偏好東方藝術有關。那種高貴和簡約的形體，無處不體現巴老審美修養之高。我對哥雅畫面中對光的駕馭十分著迷，他畫面幾乎都是黑乎乎的，特別在他的畫面中光好像從四面八方來的，一種無法言狀的神秘氣息隨之而來。

從塞尚的畫中，引發我對形體構成的關注。我從中體會到一物體形狀的切割，呼應，空間虛實的對比，各種形狀的趨勢之牽拉，互相取勢，這有點像草書。各種形的和諧，及至色彩的強烈飽和以起到空間的效應。

　　丟勒的用「線」、德加克洛瓦的「色」，哥雅的用「光」，塞尚對「形」在結構的提煉。多麼含「氧」豐富的四棵大樹啊，對於「缺氧」的我，可謂取之不竭！

　　在當下獨創一種鮮明個性的繪畫語言，實非易事。不過風格也不是刻意為之的，而是隨著個人繪畫體驗及獨立的氣質自然天成的。

徐跋騁

二〇〇五年三月

架上的點滴思索　布面油畫

180

重要的是現場

　　暑假，我租了一間畫室，窗前有一條小巷。早上賣菜的小商販特多，據說這一帶以前是貧民窟，現在的境況也令人擔憂。當時，我租到這裏也是看到這種髒兮兮、亂糟糟的感覺，挺過癮的，找到了一種生活的反差感。以前老說關注弱勢群體，這回真該體驗一下了。

　　每天早上我經過小巷，穿梭於忙碌的人群，耳邊伴著叫賣聲，眼前呈現討價還價的熱鬧場面。後來得知這些賣菜的人有著相同的遭遇，就是要提防著工商部門來罰款收攤。在這種驚弓之鳥的心態之下，他們平淡的生活就這樣無奈地演繹著。

　　於是，我打算為他們記錄些什麼，因為這條小巷到2008年就要拆掉了。他們住的臨時屋棚也將消失，和他們息息相關的小本經營也將結束，他們的命運何去何從，誰都說不準。

　　我現在體會到攝影如果作為一門藝術的話，那是對攝影的玷污。攝影，來的自然些，不就是拍照吧。其最大的魅力——就仿佛一位老人在談起他的往事的時候，他會小心翼翼地拿出一本本影集，從中如數家珍地向你講述他的故事。你傾聽著，想入非非，記載的魅力就在這裏！

　　巷子裏孩子們那一雙雙驚奇、天真、乾淨的眼神，時時閃現在我眼前，我的確被打動了。我決定為他們拍照，洗出來送給他們。我想他們平時去相館拍照的機會也不多，帶著有些複雜的心情和一點小小的使命感，我拿起了心愛的 Nikon5000。剛開始拍的時候，我總覺得沒法進入他們的生活圈子。因為是抓拍，他們很警惕，以為我是工商管理部門或記者什麼的。我嘛，也有些緊張，慌亂之下，別說仔細觀察了，對準了就拍，啥都不講究。這樣一連幾天，我努力使自己適應他們的生活節奏。也同時讓他們習慣我的舉動。為了得到他們的理解，我就嘗試與他們聊天。從聊天中，我掌握了他們每天的活動內容和作息時間。

這樣到了第五天，我似乎找到了一些感覺，也有了新的想法。我想對著同一個人或同一處風景，每天對其不同的方位拍一張照片，這樣在照片之間存在著時間的前後遞進關係。而不同時間中的事物卻又從屬於同一個空間整體，空間的連續性和時間的連續性互相闡釋。而每一個人，每天的狀態是不一樣的，我的主觀情緒也是不同的。所以通過鏡頭看到的物件，每天會有許多微妙的差別，這其中反饋給你的資訊是十分有趣的。

　　每天在我門前的走廊上會產生特有的景色，那裏掛滿了周圍房客的衣褲。這裏的房客大都是飯店服務生，他們的衣服每天安詳地掛在這裏，使我聯想到一句話：「生活就像掛在樹上的傘兵」。當陽光照進來，射在衣服上，那一件件衣服猶如主人的附體，在微風中搖擺不定……。

　　在我拍巷景的過程中，牆面、電線杆上的文字也高頻率地跳入眼簾。招租、辦證、刻章字樣隨處可見。這些文字有的半邊缺角、有的斑駁龜裂、有的

若隱若現。一次次寫上，一次次又被覆蓋掉。層層
疊疊，其中暗含著時間的敘事性和情節的戲劇性。一
次，在轉角處發現「此路不通」中的「不」字被改成
「很」字，其實此路是「很通」的，而人為變成了
「不通」，其中暗含居民與路人之間的矛盾。

在小街巷中過往時，常會有一種壓迫感。各
種類型的天線在頭頂上交織成網，難怪在此地的人
會有天生的不安全感。在高壓線密織的地方，人的
神經也猶如電線一般緊繃著，漸漸地變得急促起
來……，而那些住在棚戶區的外地人，雖有著生活
的壓力，卻也活得開懷坦蕩。在我的鏡頭面前，他
們無拘無束，呈現出最自然的一面。有的一家三口
人，就在三平方捲簾式的鐵皮箱裏生存。他們的日
常生活需求真是太低了，什麼東西都小一寸，生活
過得極其簡單。簡單是生活的真諦，當下人們的欲
望急劇膨脹，也是挺可拍的。這些打工者從農村流
入城市，城市的大樓在上升，他們是建造者，卻沒
有居住的份，真有點「遍身羅綺者，不是養蠶人」

的意味。

　　有時我為了捕捉一個特寫，會靜靜地看著他們。這些人由於不同的命運，聚集此地，受著城市人異樣的目光。他們在我預想中應十分團結友好，但有時身處底層的他們也並不和諧，以最低級的方式互相取笑。作為一個人的尊嚴的最低底線，時常會受到挑戰。這在老外眼中無法忍受的事，這些中國同胞們卻默默地在承受。他們時常為下頓飯的著落而發愁。從國情而言，一位從事地質研究的朋友說得好：「中國不是地大物博，而是地大物『薄』。」平心而論，在中國這塊土地上，能夠讓十三億人吃飽飯，就已是上蒼保佑，天恩無量了。許多農民離開農村進城打工，成為城市民工，造成農村大量的田地荒蕪。中國近年持續每年向歐美進口小麥一千萬噸以上，即一百多億公斤，平均每個中國人攤上十公斤，這是個不小的數字。由於肉類攝入量的增加，以目前中國人糧食消費量來算，這意味著相當於中國人一個月的口糧是進口的。所用外匯姑且不說，其造成的隱患是：這一進口

給中國農業和糧食市場帶來虛假的寬鬆現象，打擊了
農民的種糧積極性，造成了廣大農村，尤其南方耕地
的荒蕪。可怕的是將來一旦西方啟動慣用的「綠色武
器」，停止向中國出口小麥，則中國將因缺糧而天下
大亂。

　　拍到後來，我花更多的時間與這些擺攤的人聊
天，他們所談最多的話題就是害怕工商管理部門來拆
攤。從周圍居民口中，特別是老年人對工商部門這一
舉動也大為不滿。有一位八十高齡的老人說，他們人
老腿腳不靈便，這些家門口賣菜的被趕走了，就得到
很遠的菜場去買，也可憐這些賣菜的，這叫他們的日
子怎麼過？傾聽著發自肺腑的語言，感受著他們辛酸的
生活處境，不由地感歎歌舞昇平背後的社會危機感。

　　當前小資情調越來越重的大學生太脫離社會現
實。而從國外美術學院學生的課外創作，可感知他們
是深入生活的。我記得一位法國學生的作品是拍攝巴
黎地鐵站，僅40分鐘的短片，就能感覺到他在地鐵
裏呆了三、四個月。各種事物的細節，聲音的捕捉，

畫面的質感都十分精緻，從中你能體會到作者的用心和對生活的一種堅持。生活是藝術家成長的最好的老師，各種各樣的體驗是十分必要的。所以，當我剛到此地，就被這種濃厚的市民生活氣息所深深感動。

那天下著小雨，笑的水和哭的水，說話的水和流逝的水，無不在我的心中流淌。烈日當空之下，還是綿綿細雨之中，都記錄了我對這段生活的感動。拍他們有時感覺實際上在拍自己，那充滿趣味的喜悅，朦朧的憂傷，不由的使我想起波特萊爾低沉的《秋歌》：「不久，我們將淪入森冷的黑暗，再會吧，太短促的夏日的驕陽……。」

每當我從電腦螢幕上回顧我所拍的照片時，都會莫名地陷入對人生的沉思：「人生天地，如白駒過隙，忽然而已。」飄逸的莊周給出了這樣飄逸的回答：人不過是天地之間，而非天地之上的一種短暫存在。詩仙李白的目光飄浮在無限的天人之際：「夫天地者，萬物之逆旅也，光陰者，百代之過客也。」在空間之維，人與萬物同列，以天地為旅棧。在時間之

維，人生是匆匆過客，人在宇宙中只不過是滄海一粟。而我認為人雖渺小，但有發出自己聲音的尊嚴，有記錄生命過程的責任。人生雖飄忽如夢，但我常告誡自己，不要去嘗試做過眼雲煙的蠢事，寧可你啥都不是。這兩個月來，我活得特踏實，也很充實，在回憶往事的時候，這段時光讓我想起很多、很多……。

徐跋騁寫於知冰室

二〇〇五年九月

重要的是現場　布面油畫

190

孜孜於自我心靈世界的呈現

—— 徐跂騁繪畫語言詮釋

隨著中國當代藝術的演變和發展，一些原先不被關注的事物開始進入人們的視野，一些與個人經驗和感受貼近的作品引起人們的思考，這一變化尤為顯著地表現在徐跂騁的油畫作品中。這位八〇年代出生的藝術家筆下的世界神秘、奇妙、荒誕。他往往將極為寫實的人物和場景打亂重置，於是一幕幕跨越不同時空的浮世繪便在畫面裏鮮活起來。他既不褒，也不貶，只是運用自己獨特的語言形式，一味地放大視野，孜孜於自我心靈世界呈現的快樂之中。

徐跂騁自幼習畫，十五年來，春夏復春夏，秋冬又秋冬，把青春生命的激情和思考全部傾注於尋找一種未知和更奇妙的藝術表現形式。他的新表現主義風格的作品，常常流露出一種天問式的凝重氣質。標誌

性的主體意識對象與多方位靈動的人物場景構成了一種豐富含蓄的寓言效果。刻意求工的筆觸，單純沈著的色調，尤其是氤氳於畫面的那種神秘、荒誕、不安的感覺，如夢似幻，賦於作品一種啟示性的氣氛，詩意地呈現了他意欲擺脫西方藝術的語言軀殼，尋找中國藝術語言形式的耿耿心志。如在他的「世界系列」油畫作品中，人生、社會、性等等視覺元素常常呈現一種混沌而非圖解式的配置狀態，彷彿是對一個未知的，缺乏方向感的社會的視覺質詢。

徐跋騁畢業於中國美術學院油畫系，年輕敏感、才情四溢，是一位在繪畫上有個性和思想深度的藝術家。大學期間，連續在中國美院舉辦兩回大型個人畫展。2006年多次在上海、深圳、杭州參加地區及全國性美展，並屢獲佳績。巨幅油畫《啟示》及《世界系列之五》分別被浙江省美術館、深圳美術館收藏展覽。人們透過其繪畫風格的展示和詮釋，不僅獲得審美的愉悅，而且也可明辨他思想的觸角和藝術探求的文化指向。

藝術史表明，對一個畫家而言，其終極所指不應止於「技藝」層面的錘鍊，而更應在觀念語言上更新和突破。中外大師繪畫風絡的特立獨行往往一方面源於似乎與生俱來的獨特感覺與靈性發揮，另一方面則出自畫家主體意識表現的嬗變與徹悟，並以其思想的支撐創造出曠世新風。徐跋騁繪書風貌的形成當是基於他勤於思考以及對語言形式的不懈追尋。觀其繪畫，自有一種混沌大氣的精神感召，而豈知惟其混沌大氣，他的氣度格局才變得天寬地闊起來，而他，依然默默地與他的創作一起活著，同命運、共生死。

二○○七年六月二十日
徐明明寫於南京晨曦莫愁湖畔

194

書道作伴好還鄉

——趙建華印象記

五年前，我與建華君因撰寫《九竹齋記》碑文相識。其時，他是金陵名聞遐邇的民營企業家兼擁有百餘幅林散之書畫精品的收藏家。而我，僅是一名退了休的教書匠。相見恍如昨日，蹉跎歲月，如一張老照片，染了舊色，卻添了記憶。

書畫是樂在其中的苦差使，書法尤然。書言志，畫遣興，憂患砥礪，尋幽探微，難有寸進。建華君癡迷書道，鍥而不捨，晨昏霜月，寒暑不輟。他從唐楷入手，繼習漢隸，後攻宋人行書，近期尤醉心於北海墨蹟。他與散之老人雖緣吝一面，但從收藏的百餘幅書畫作品中，他被大師獨特的風範和高深的學養所吸引。林老意存筆先，知黑守白的筆墨造化，其神韻氣息，人文底蘊深深地打動了他。林老雅逸不凡，沉雄

196

豪放的書風，使他在書法實踐中受益無窮，並逐步形
成了自己的書藝風格與審美趣向。觀其書法，注重筆
墨，著眼神韻，時而行筆疾厲，迅如遊龍；時而行筆
緩沉，線條凝重，一張一弛間富有微妙變化，形成了
渾樸簡逸之書風，具有很強的藝術感染力。

　　和建華君促膝談藝論學，他暢言道：「對書家
而言，決定他的精神指向和藝術品位的是要在筆墨中
透出一種氣質，即要和自己的心性有某種相契合的聯
接。」行筆、運筆中使自己心性的抒發和筆性的控制
能融和貫通成一種筆墨精神，也即是書法境界中的筆
墨氣象。他認為，一個時代書法成就的高低，往往從
這個時代的代表人物身上體現出來。因果相循，生生
不息，時光飛逝，薪火流傳。當代草聖林散之書法造
詣的凜然勃盛之景，是我們回不去的過去，也是我們
發奮前行的參照。

　　建華君熟諳企業經營管理方略，鍾情於書法藝術
實踐，是一位集企業家與藝術家於一身的傳奇人物。
他經營的「九竹」牌電控門，馳名國內，覆蓋南京，

是江蘇省的名優產品。十多年來，他忙碌於市場勞作，卻懷著林泉之志，忙裏偷閒，孜孜以求於書畫藝事。承續他倡導的「每天提高一點」的九竹企業文化精神，他又創建了「九竹」文化藝術公司。他籌畫辦展覽，出畫冊，不求虛名，不謀私利，親力親為，兢業勤勉於文化公益事業，受到社會各界的讚譽。

建華君生性樸實，為人謙和。他年交五旬，飽覽人間滄桑，是一位鑑古知今的謙謙君子。他曾深情地對我說：中國書畫藝術是弘揚中華文明的一種高度抽象的造型藝術，其狀物造形，啟迪心靈之玄妙，如音樂，如舞蹈，如哲學，是人生感悟的媒介。在今生餘下的歲月裏，他坐擁「九竹齋」這片靜謐的園林小景，懷著澄明的心境，追尋著心靈的充盈與淡定。用傳統的中國書畫形式，對生命中勃發的思想情懷，進行著詩意的表達⋯⋯

五年一瞬，藝事一生，天下芸芸眾生皆人生旅途中的行者。祈願這途中的每一個過客，正心，誠意，做一個自信，自足，自樂的行者。

長風破浪會有時，書道作伴好還鄉。

徐明明寫於城西吟夢居

二〇〇七年十一月八日

趙建華　九竹籬下景有感　國畫書法作品

趙建華　百事呈祥　國畫書法作品

200

國家圖書館出版品預行編目

吟夢心語 / 徐明明文；徐跋騁畫. -- 一版 -

- 臺北市：秀威資訊科技, 2009.01

面； 公分. --(語言文學類；PG0212)

BOD版

ISBN 978-986-221-130-4(平裝)

855   97023328

 語言文學類　PG0212

吟夢心語

作　　　者 / 徐明明◎文　徐跋騁◎圖
主　　　編 / 蔡登山
發　行　人 / 宋政坤
執 行 編 輯 / 賴敬暉
圖 文 排 版 / 黃小芸
封 面 設 計 / 蔣緒慧
數 位 轉 譯 / 徐真玉　沈裕閔
圖 書 銷 售 / 林怡君
法 律 顧 問 / 毛國樑　律師
出 版 印 製 / 秀威資訊科技股份有限公司
　　　　　　　台北市內湖區瑞光路583巷25號1樓
　　　　　　　電話：02-2657-9211　傳真：02-2657-9106
　　　　　　　E-mail：service@showwe.com.tw
經　　銷　　商 / 紅螞蟻圖書有限公司
　　　　　　　台北市內湖區舊宗路二段121巷28、32號4樓
　　　　　　　電話：02-2795-3656　傳真：02-2795-4100
　　　　　　　http://www.e-redant.com

2009 年 1 月　BOD 一版
2009 年 2 月　BOD 二版
定價：240 元

讀 者 回 函 卡

感謝您購買本書，為提升服務品質，煩請填寫以下問卷，收到您的寶貴意見後，我們會仔細收藏記錄並回贈紀念品，謝謝！

1. 您購買的書名：_____

2. 您從何得知本書的消息？

　　□網路書店　□部落格　□資料庫搜尋　□書訊　□電子報　□書店

　　□平面媒體　□ 朋友推薦　□網站推薦 □其他_____

3. 您對本書的評價：(請填代號　1.非常滿意 2.滿意 3.尚可 4.再改進)

　　封面設計____　版面編排____　內容____　文/譯筆____　價格____

4. 讀完書後您覺得：

　　□很有收獲　□有收獲　□收獲不多　□沒收獲

5. 您會推薦本書給朋友嗎？

　　□會　□不會，為什麼？_____

6. 其他寶貴的意見：_____

　　_____

　　_____

　　_____

讀者基本資料

姓名：_____　年齡：_____　性別：□女 □男

聯絡電話：_____　E-mail：_____

地址：_____

學歷：□高中(含)以下　□高中　□專科學校　□大學

　　　□研究所(含)以上 □其他_____

職業：□製造業 □金融業 □資訊業 □軍警 □傳播業 □自由業

　　　□服務業 □公務員 □教職　□學生 □其他_____

秀威與 BOD

BOD（Books On Demand）是數位出版的大趨勢，秀威資訊率先運用 POD 數位印刷設備來生產書籍，並提供作者全程數位出版服務，致使書籍產銷零庫存，知識傳承不絕版，目前已開闢以下書系：

一、BOD 學術著作—專業論述的閱讀延伸
二、BOD 個人著作—分享生命的心路歷程
三、BOD 旅遊著作—個人深度旅遊文學創作
四、BOD 大陸學者—大陸專業學者學術出版
五、POD 獨家經銷—數位產製的代發行書籍

BOD 秀威網路書店：www.showwe.com.tw
政府出版品網路書店：www.govbooks.com.tw

永不絕版的故事‧自己寫‧永不休止的音符‧自己唱